Kadokawa Fantastic Novels

# 問題兒童的最終考驗

Last Embryo 3

失控！精靈列車！

我有稍微長大一些喔，
十六夜你呢？
春日部耀
波羅羅
是被催促要快點還債嗎？
夏洛洛
歡迎來到箱庭～！

CHARACTER
很好，那麼就由我來接手吧。
上杉謙信
???
……遊戲與戰爭並不相同，沒想到你連這種道理都不懂。

「為了讓妳獲得抗性，
我想還是該逐步調戲一下才行！」

精靈列車
「Sun Thousand」號，觀景車廂
崇鑒靈脈之大浴場
「請妳真的別這樣。」

「以上杉之名為誓，我保證會做出公平正大的判決。」
「有罪！」
第二十四次
「處●御門釋天」
審判

「有罪！」

「我也……不會手下留情。
我會把妳視為已經落伍的舊時代亡靈，在此親手收拾。」

3
竜ノ湖太郎
Tatsunokotarou
Last Embryo
ももこ
illustration
失控！
精靈列車！
問題兒童的最終考驗
Kadokawa Fantastic Novels

封面、內文插畫／ももこ

Last Embryo 3

Contents

以來——他開始夢見世界燃燒的光景。

這絕非一種比喻。

甚至連天空都被城市裡熊熊燃燒的烈火給烤得焦黑，青雲也被染成黑煙。

延燒七天七夜沒有熄滅的火焰不僅沒有因為住在此地的人們而滿足，甚至還吞噬了無人的廢墟，繼續往外擴散。

在烏雲中發光的閃電擊中山河，打碎水壩的圍牆製造出濁流。龐大到無法控制的水流立刻讓河川氾濫，將城市逐漸淹沒。從山上洶湧而至的激流毫不留情地吞沒民宅，求救的呼喊聲只能自水面上消失。

大地因為連續不斷的地震而出現裂痕，以人工混凝土搭建的灰色市街輕而易舉地失去都市機能。即使有災害大國已做了防備，也只能保住外觀。沿著建築物的維生命脈(Lifeline)很快被切斷，世界第一的巨大城市淪為灰色的巨塔群。

這是地獄繪圖——沒錯，是描繪出地獄的畫像。

這幅光景的確夠格被稱為地獄的街巷。

失去雙親的幼兒們一邊哭叫一邊尋找父母，卻沒有出現回應他們呼喚的人物，只能因為皮膚被燒黑而滾地痛苦掙扎慢慢死去。

眼淚在落地之前就已經被高熱蒸發，鮮血在滴下的同時從紅色轉變成黑色。

陷入恐慌狀態的人們爭先恐後地逃走，卻被其他逃走的人擠壓踐踏而失去性命。

在極限狀態下顯露出的個人本位意識下，沒有讓博愛精神萌芽的多餘空間。

人類尊嚴遭到剝奪的這些人，看起來就宛如試圖逃離災害的大群野獸。

「——」

不經意望向天空後。

可以看到被黑煙籠罩的雲海宛如生物般捲起漩渦，雷鳴彷彿是偶蹄類的嘶吼。舉蹄翻攪大氣的那個模樣，的確夠格被比喻為在天空中奔馳的牡牛。

然而——現身於這座被毀滅的都市裡的超獸，並非只有這一隻。

在烏雲中蠢動的偶蹄之王。

望著牠呵呵大笑的死眼巨人。

以八顆頭掀起狂風大浪的龍王。

金毛隨風飄揚卻慚愧低著頭的猿神（哈奴曼）。

在煙塵的另一端，有更多魔王發出咆哮蹂躪人界。

光是出現一隻恐怕就足以危及人類歷史的最強魔王們，正齊聚一堂燒燬世界。這不是地獄的景象又是什麼呢？

作為災厄化身的魔王們應該會如同風暴、如同海嘯、如同雷雨那般，對世上一切毫無區別地露出獠牙吧。

人們毫無希望，在每個人都只能低頭喪氣的地獄岔路上，只有一人——不。

只有一隻對著天空強而有力地大吼：「**沒有這回事**」。

「——……！」

甚至直達天際的主張讓魔王們停止吼叫。

無論是呵呵嘲笑的巨人，蠢動的偶蹄之王，還是慚愧低頭的猿神，都帶著各式各樣的感情把視線朝向聲音的來源。

對這場滅亡提出強烈「否定」意見的，是外表為異形之龍的魔王。

三顆頭的魔龍——三頭龍以彷彿融化血液而成的紅玉眼眸凝視西鄉焰。

「————」

明明身處夢境，他卻產生一種很不可思議的感覺。

在熊熊燃燒的灼熱地獄中，三頭龍毫無疑問是在對「西鄉焰」表現出憤怒的感情。紅玉之眼徹底無視正在瓦解的文明都市。

三顆頭和六隻眼睛都專注在西鄉焰身上的三頭龍對著他質問罪責所在。

他說：「——你要靜靜旁觀到何時？」

他說：「——再這樣下去真的會來不及。」

他說：「——一切的末日確實正在越來越靠近。」三顆頭紛紛敲響警鐘。

雙顎大開，就像是要把天空、海洋、大地以及世上所有都吞噬殆盡的三頭龍一而再再而三地重複傳達神諭。

「拜火之子啊，立刻解開『不共戴天（世界之敵）』之謎。如果你無法解開此謎——吾之勇者將會成為永遠停滯不前的枯木吧。」

不共戴天的旗幟隨風飄揚，要求西鄉焰達成自身的使命。

如果無法達成使命，屆時逼不得已——三頭龍從紅色布料製成的旗幟上一把抓住西鄉焰，讓利爪深深刺入他體內並拉他靠近。

宣告神諭的三頭龍扯斷西鄉焰的身體，咬碎咀嚼。

在西鄉焰被魔王的五臟六腑吸收的過程中，三頭龍不斷講著這句話，如同回音。

「——解開不共戴天（世界之敵）之謎」。

倘若無法辦到，西鄉焰（拜火之子）就沒有存在的價值。

# 第一章

Last Embryo

——德國共同粒子體研究所「尤彌爾（Ymir）」。

「……好痛……！」

後腦狠狠撞了一下的西鄉焰察覺自己剛才暫時失去意識，不過並沒有因為作了惡夢而感到恐慌焦躁。

因為最近連日以來，他一直作著同樣的夢。

雖然沒想到連白天都會夢到，不過目前正在進行實驗，焰沒空顧及這些。

伴隨閃光發生的爆炸強烈到甚至撼動大地。

這次的實驗是在「Everything Company」與德國共同成立的研究所一隅進行，但是恐怕沒有人預測到會造成如此大的衝擊吧。

愛德華．格里姆尼爾研發部長把眼鏡重新戴好，低頭看向倒在地上的焰。

「搖晃程度超乎想像呢，西鄉焰博士。你還好嗎？」

「呃，我還好。不過吃了一驚，我完全沒想到居然可以從內側破壞『鐵之棺』，甚至讓觀測室都感受到震動。」

「我想也是——影像和測量結果到了，來確認一下吧。」

兩人開始觀看記錄實驗品爆裂瞬間的影片。

待在和爆炸的研究實驗室有一段距離的觀測室裡看完全部過程的西鄉焰和愛德華面對這壓倒性的成果，都忍不住緊張到屏住呼吸。被記錄下來的現象帶來比測量到的資料更強烈的衝擊，讓他們說不出話。

那是燦爛炫目，甚至能奪走視力的強烈閃光。

放在實驗室中央的觀測設備因為內部發生的灼熱光束而蒸發到無影無蹤，已經做過抗核處理的合金如同熔岩那般帶著超高溫的熱度流動。

融解的合金四處飛濺，散布出的光之粒子在空中飛舞，這光景至可以形容成充滿夢幻感。

受到的損害只有設施一隅消失這種程度，算是不幸中的大幸。只顯現出局部性力量的原因是出在作為實驗品的植物上面呢？或者是因為打從一開始就是這種既定設計？

愛德華隨便瞥了一眼正在統整觀測結果的焰，然後觀察起保存在真空膠囊裡的「星辰粒子體」的結晶體。

「這就是用來製造出『天之牡牛』的星辰粒子體之結晶體的一部分嗎？雖然只成功採集到一點點，不過真是恐怖的東西。據說只要這玩意兒一個就可以具體構成所有ＮＢＣＲ武器，這情報是真的嗎？」

「你是說核武器（Nuclear weapons）、生物武器（Biological weapons）、化學武器（Chemical weapons）、放射性武器（Radiological weapons）這四種嗎？……實際上如何呢？我認為應該要看這次『生命大樹（Genom Tree）』計畫的結果。而且使用粒子體的放射能除去技術已經逐步確立，所以我反而想推進能讓NBCR武器無力化的技術。」

「嗯，你的志向很高。那麼，如果某個武器同時具備大規模殺傷性武器和無力化武器的性能，你會如何稱呼？」

「噢……如果真有可能實現，大概只能稱為『全面性武器（The general weapons）』吧？或者是根據連前線的一般士兵都能夠使用的特徵來看，到時也許叫作武裝會比較恰當——糟了，傷腦筋。傳送到這邊的資料毀損了，可能是剛才的衝擊造成中途斷線。」

「是嗎，那麼我叫人從主伺服器那邊直接拿來吧。」

愛德華接通內線，吩咐了幾句話。

觀測室並非只有此處。在這次的實驗中，獲准使用第一到第三觀測室，另外還有用來保存觀測資料的主伺服器。

聽說第二觀測室是卡拉室長，第三觀測室是威悉局長在待機。

由於雙方都是焰不擅長應付的對象，當他正在心裡嘀咕和哪一邊都不想打照面時……

有個人開門闖入。

「——喂，行樂家，我把資料拿來了。」

看到觀測室的門突然打開，讓焰有些驚慌失措。

而且進來的人物是和他差不多年紀的少年——一名擁有白髮金眼的少年。焰因為陌生少年的登場而目瞪口呆，但是愛德華卻不一樣。

他稍微皺起眉頭咂了咂嘴。

「……殿下，我不記得自己有允許你進來。」

「殿……殿下？」

「我也不記得有獲得允許，我只是按照卡拉所說送資料過來而已。」

被稱為殿下的少年完全沒有理會驚訝的焰，以淡漠的態度大步走進室內。

這徹底超出預想的稱呼導致焰開始陷入混亂。

光是白髮金眼的外貌就已經很罕見，又聽到殿下這稱呼更是讓他不得不如此反應。

焰觀察起「殿下」的打扮。這名少年身上的純白外套不同於研究員會被配發到的白大衣，內側則是刻意沒有穿好的正式服裝。

即使服裝不整也不會引起不快感，大概是因為少年本身擁有的氣質吧。甩著純白外套靜靜邁步往前的模樣會讓人覺得他出身貴族。

（缺少色素的頭髮……是白化症（Albino）？不過他看起來應該是白色人種（Caucasoid）沒錯……不，問題不是這點。和我同年齡的小孩為什麼會出現在「尤彌爾」裡？還有殿下這稱呼到底是怎麼回事？）

就算是在「Everything Company」中，也只有精挑細選出的人才有資格在最尖端的粒子研究所「尤彌爾」裡工作。目前和焰年齡差不多的成員應該只有彩鳥才對。

愣住的焰繼續凝視少年，這時愛德華走向前面開始介紹。

「博士是第一次見到他吧？這個人是——迦爾吉·A·毗濕奴耶舍。是我舊識的兒子，也是粒子體研究的出資者之一，殿下是起因於這立場的暱稱。」

「……就是這樣，今後多指教。」

「是……是嗎，原來是出資者的家人嗎……呃，我叫西鄉焰。正如你所見，是在研究粒子體。」

焰報上名號後，被介紹為迦爾吉殿下的少年似乎有點驚訝地睜大雙眼。

「……你就是西鄉焰？」

「啊……嗯，沒錯。」

「是嗎，因為你表現出來的氣質比我的想像更為平凡，讓我吃了一驚。因為這個人非人之前提到你時一副愉快的樣子，所以我還以為你是那種跳脫人類範圍的奇人怪胎，或是什麼真面目不詳的人物。」

「喂，殿下，你到底把我當成什麼？」

「講得委婉一點是人非人，講得直接一點就是個混帳惡棍。」

「閉嘴死小鬼。我在這附近還算是保有紳士形象，所以你也給我做出那樣的對應。」

「哦？我還以為已經被認定是偽紳士了——你覺得如何？」

臉上帶著淺淺笑容的迦爾吉殿下看向焰。

第一次見面就差點被當成怪胎的焰雖然不確定到底該如何反應，然而對於愛德華是偽紳士的論點卻覺得全面認同因此點頭附和。

「不好意思從旁插嘴，但是關於認為研發部長是偽紳士的看法，我也覺得很正確。」

「……唔。」

「哈哈，聽到了吧！反而是你裝成紳士的行為讓我忍不住想笑！」

得到現場支持的迦爾吉殿下更加得意。

愛德華似乎很不高興地坐在椅子上把臉轉開。既然爭論成了一對二，他大概認為勝算不高吧。

焰強忍著笑意，不過也不能一直閒聊下去。

「——解析結果已經出來了，接著要播放影像。」

「知道了……好，這是個好機會，殿下你也一起看吧。說不定能作為今後的參考。」

「看什麼？」

「『生命大樹』計畫的第一次實驗結果，跟你也不是完全無關吧？」

聽到愛德華的發言，迦爾吉殿下瞪大雙眼顯得很驚訝。

「『生命大樹』計畫……哼，這是怎樣？可以在這個時代誕生嗎？」

「咦？」

「殿下是在擔心這是超時代的技術。總之你先把實驗結果放出來吧，我會扛起責任。」

熔燬（meltdown）愛德華的催促雖然讓焰感到滿頭問號，不過既然他表示會負責，焰也依言顯示出解析結果。於是三人停止對話，把視線移到螢幕上。

「……這是……」

影片裡的雜音就像是要打亂寂靜，充滿整個室內。

實驗室中心那棵約有兩公尺高的小樹被等速粒子加速器——B.D.A發出的32.768kHz頻率，也就是俗稱為「一秒定義」的頻率籠罩後，隨即開始發出讓設施本身搖晃的振動。B.D.A剛停止時仍繼續振動，最後造成實驗品熔燬（meltdown）並蒸發，還伴隨了發光現象。以上似乎就是這次實驗的原委。

然而讓焰吃驚的並不是這種表面上的結果。

看到超乎預想的實驗結果，愛德華的嘴角浮現出笑容。

他用刀子切下雪茄前端，似乎很愉快地朝著西鄉焰提問：

「和『鐵之棺』同樣厚達兩百釐米的抗核裝甲瞬間融解嗎……好啦，看起來這次實驗並不像是悽慘的大失敗呢，西鄉焰博士。只針對成功測量到的範圍也沒關係，你能為我說明一下到底是發生了什麼事嗎？」

愛德華把雪茄的煙吹到焰身上，同時露出愉快笑容。

對照之下，負責回答的焰卻是滿臉苦澀表情。

他是先做出「這不可能」的結論，才放低視線看著測量器開口：

「……這僅僅只是推測，不過應該是實驗體在不滿剎那的極短時間內放出了能匹敵太陽日冕（Corona）的電漿（Plasma）與質量（Mass）。」

「哈！居然連太陽日冕都出現了！真是驚人的結論！那麼是怎樣？你的意思是從那棵只有兩公尺的小樹上測量到**數百萬頓的瞬間質量**嗎？」

真是讓人難以相信！也沒辦法寫在報告書上！

愛德華張開雙手，誇張又愉快地如此大叫。

然而講出這些話的焰也不是毫無根據。

他倒回實驗室監視器的影片，顯示被當作實驗品的小楠樹。

「請看這裡。由於B.D.A——粒子加速器並不符合對象的規格，所以這是無法取得確實證據的現象，不過還是可以明確辨識出輕微的模擬發光現象。」

聽到焰的發言，這次換迦爾吉殿下不解地歪了歪頭。

「模擬發光？那是什麼？和發光現象不同嗎？」

「是的。原本B.D.A是血中粒子加速器（Blood accelerator）的略稱，使用對象是動物而非植物。這是能夠讓吸收進體內的粒子體按照『一秒的定義』在血液中進行秒間約循環三十三萬迴轉的加速器。如果用在保有粒子體的人體身上——噢，說明這個之前……請問殿下和愛德華先生知道時間解析粒子動量光譜學，或是利用粒子體的結合遲緩會引發的物質內電子移動來進行的半永動機化是什麼嗎？」

「不，不知道。畢竟我和偽紳士不同，並不是研究者。」

「我雖然身為研發部長，但也不是研究者，是所謂的走後門進公司。」

「啊，我懂了，以後會注意。那麼我只提使用了人體的簡單說明吧。」

嗯哼！焰咳了一聲，開始簡明扼要地講解。

——所謂「一秒的定義」雖然是一種能夠被賦予各式各樣定義的領域，然而在這間研究室裡，主要是可以置換成被使用在時鐘上的 32.768kHz 頻率。

這個頻率是指石英鐘為了量測一秒而使用的振盪次數，也是安裝在時鐘裡的石英接收到電磁波時會發生的振盪次數。

目前已經判明「星辰粒子體」會對這個「一秒的定義(32.768kHz)」做出反應，在作為寄生對象的生物體內，以等速沿著體內路徑循環約三十三萬次。這個驚異的性質，正是讓「星辰粒子體」產生不受一次、二次能源限制的三次能源的新時代第三類機械。

超越光線傳播定律的時間概念，驅使新的「一秒的定義」來進行的等速運動——這就是星辰粒子體被稱為「能夠讓顯現迅子(Tachyon)與乙太(Ether)時所必須的多元動量在物質界中被觀測到」的「第三類永動機」的由來。

「所謂的多元動量並不是從質量概念接近能量的運動，而是指從時間概念來接近物質界時會發生的動量。也就是說，為了使用被稱為『一秒的定義』的時間概念來固定粒子體的運動，被輸入(input)的就是32.768kHz頻率。」

「……嗯，意思是試圖利用對空間概念進行等速運動來超越既有的宇宙動量嗎？那麼，會以什麼形式使用在人體上？」

聽到愛德華的提問，焰在螢幕上顯示出人體圖並開口回答：

「人類血管的全長約十萬公里，據說是地球圓周的兩倍以上。如果套用『一秒的定義』並進行等速化，可以計算出是以每秒三百三十萬公里的速度在血液路線中循環——在這個階段，就已經**超過光速的十倍**。」

對於焰得出的結論，讓殿下懷疑起自己的耳朵，語氣也變得激動。

「你說光速的……十倍以上？」

「……西鄉博士，那麼模擬發光是指……」

「是的，就是在實驗品放出超越光速的粒子時，可以觀測到的『性質與光極為相近的粒子』的運動。再加上在這個振動狀態下明明有出現發光現象，實驗品發出的熱量卻沒有改變。換句話說是沒有熱源的發光……雖然必須先詳細重新測量過才能確定，但是可以推測出這是我等追求的目標……超越『一秒的定義』並放出多元動量的可能性——也就是利用星辰體(Astral)來促成超高速化的成功案例。」

愛德華嘴角的雪茄掉了。

這個無法捉摸，就像是諷刺專家的男子現在卻完全啞口無言。由此可知這實驗結果有多麼讓人難以置信。

焰雖然在心裡暗暗得意，不過還是開口排除先前說明的過剩部分。

「話雖如此，但人體沒有可能承受得了那種粒子的超流動。」

「什麼嘛，是那樣嗎？」

「是的，這次的實驗也是一樣。實際超越光速的時間只有短短一瞬，之後立刻就無法維持原形，粒子體也和寄生對象的楠樹一起融入大氣之中。」

「融入大氣中？那麼在那間實驗室裡發光的東西是粒子體嗎？」

「是的——請看一下大氣成分。無法發現放射性物質以及近鄰的輻射塵，但是測量周圍的大氣濃度後，可以看出『星辰粒子體』占了大氣的十二%。作為『環境控制塔』根基的『生命大樹』計畫很順利。如果是這個大氣狀態，要使用那個改造B.D.A而成的環境粒子加速器(Ether accelerator)——E.R.A來重現出小規模的『天之牡牛』也是有可能辦到的事情。你想看看嗎？」

「不，不必了，我現在想先整理好報告書，因為必須針對這個爆發事件聯絡一下威悉局長。」

威悉局長——提到這間德國研究所的負責人後，焰以似乎有點愉快的態度開始統整資料。

「這是很重要的事情呢，畢竟惹腦那位面容凶惡的局長先生的確不是個好主意。愛德華部長也不擅長對應那個人嗎？」

「說是不擅長也不太對……總之他是我以前的部下，而且原本好像以為我已經死了。不過聽說現在他那邊也另外在『Everything Company』的相關組織裡遇上了不錯的女主人，所以心滿意足。既然這樣，我不會做出沒事找事的行為。」

「哎呀……真是比我想像中更複雜的關係呢。」

「的確是。因此要快一點把報告——啊，在那之前，有件事情必須先問清楚。」

「什麼事情？」

「是剛剛講過的話題，我可以問一下讓**人體**能夠承受住B.D.A的條件嗎？」

聽到愛德華的提問，焔立刻訝異地皺起眉頭。

因為如果有仔細理解先前的說明，應該不可能會想要把B.D.A用在人類身上。

「……這什麼傻話。根據粒子體目前的完成度，要把B.D.A用在人體上是不可行的事情，只會跟實驗一樣引發對象融解而已。雖說也有可能是因為B.D.A的完成度太低才導致了那種結果。」

「我的前提是那些問題已經全部解決。因為報告書的內容必須盡可能寫得詳盡一點，如果是在擬定包含今後預算的計畫時必須用到，那就更不用說了。不是說根據B.D.A和粒子體的搭配方式，要大幅延長人類壽命也是有可能辦到的事情嗎？這可是用來尋求贊助者的好宣傳——殿下也這麼認為吧？」

即使因為愛德華的發言而皺起眉頭，迦爾吉殿下還是微微點頭表示認同。

到了此時，焰才終於明白為什麼愛德華要讓身為出資者小孩的迦爾吉殿下也留在現場。

「嗚……」

愛德華研發部長的聲調雖然平靜，卻傳達出一種不由分說的強烈意志。但是這也是理所當然，畢竟研究開發並不是慈善事業。

長壽、延續壽命、不老不死。雖然不知道他是從哪打探出這些情報，不過有一半是事實。目前推測——能干涉「一秒的定義」的星辰粒子體不僅能保持細胞年輕，還可以透過錯開外宇宙和內宇宙的時間流動，顯著地延緩老化現象。

無論哪個時代，熱衷於這類實驗吸引住的放蕩分子都不曾少過。

如果只是一般的研究成果恐怕會遭到嘲笑，然而得知之前的病原菌除去以及這次的實驗結果後，想必會有多不勝數的大型出資者打算展開行動。

而且，「星辰粒子體」的研究投入了龐大的資金。

毫無疑問，這是賭上「Everything Company」公司命運的最大專案。只要這個粒子體研發能夠成功，甚至可以輕鬆跨越身為企業的限制，站上世界的頂點。

為了募集出資者，必須提出詳盡說明是理所當然的事情——然而在現狀下，絕對不可以對人體使用 B.D.A。

「……愛德華先生，還有殿下。如果你們無論如何都需要我的推測，請在報告書上這樣寫：『要在目前這一代人類身上使用 B.D.A，是絕對不可能的事情』。」

「哦？你認為不可能用在人類身上？」

「不，我是說不可能用在**目前**這代的人類身上。」

聽到焰這種講法，原本靜靜旁聽的殿下拍了下手並點點頭。

「噢，原來如此。也就是說必須在世代交替的過程中培育出能適用粒子體的人類，是這個意思吧？」

「是的，基本上為了延長人體的壽命，讓星辰粒子體迎向光速化的血液路徑，也就是體內的血管最少必須有十％變化成星辰粒子體。」

「嗯，然後呢？」

「『星辰粒子體』具備讓寄生對象的細胞配合粒子體逐漸變質的性質，可以推測出之前類似天花的傳染病就是惡用這一點的案例。雖然粒子體造成的細胞改寫會在每次世代交替時加快速度，然而改變幅度也只有一％以下。因此在一個世代中，絕對無法到達能承受光速的十％障礙。換句話說，想在一百年以內讓 B.D.A 實用化根本是不切實際。」

到達光速化的十％障礙。

焰加強語氣，主張就算「環境控制塔」計畫順利展開並開始散布粒子體，能跨越這十％障礙的人類仍舊是極少數。

對於他來說，這大概是無論如何都絕對不能讓步的底線吧。因為如果在此退讓，或許不僅是「Everything Company」，還會有其他哪個組織著手人體實驗。

因為意見分歧，讓雙方之間針鋒相對。

在沉重寂靜占據現場的狀況下，殿下舉起手並發表意見。

「焰，這種話或許有點刺耳，但是不是已經太遲了？」

「……為什麼，殿下？」

「我說你也試著想想看。敵方組織明明沒有『原典（Origin）』，但研究出的成果卻比你製作的粒子體更先進。既然如此，我認為假設對方走了什麼捷徑是比較妥當的推測——例如只要進行人體實驗，**粒子體研究就能得到飛躍性的進展吧？**」

「那……那是……」

聽到殿下的忠告，焰受到彷彿被人用鈍器狠狠敲打的衝擊。他反射性地試圖反駁，卻因為找不出任何能否定的要素而狠狠咬牙。

製造出「天之牡牛」的組織，**很有可能已經進行過人體實驗**。

不同於對大氣中的星辰粒子體發揮作用的 E.R.A，對血液中的星辰粒子體發揮作用的 B.D.A 正是要進行人體實驗才能最有效率地收集到資料。一般來說根本不會試圖進行這種不人道的實驗，然而對方是可以坦然引發災害與天花的組織，很難相信他們沒有涉入人體實驗。為了追上無視倫理問題在研究上領先一步的這個組織，焰這邊也必須進行人體實驗並層層驗證。

然而——焰內心有**什麼**在高聲吶喊，吶喊著絕對不可以跨越這條底線。

「……嗚……不，果然還是不行！我不能允許人體實驗！」

「為什麼？再這樣下去，在技術方面會被那些恐怖分子整個甩開吧？要是只偏重於身為人的倫理以及正義，可就無法擊退威脅喔。」

「不，技術上的落後可以靠強化設備來彌補！不足的智慧也只要用人數來互補就行！為了達到這目標，獲得世界支持，整合多方協助，走上彼此共榮的道路應該才是近代研究者正確的前進方向！」

焰把手放在胸前，對著愛德華與殿下如此主張。

在近似強迫的焦躁感之下，有著夢境裡那個熊熊燃燒的世界所留下的殘影。

「……愛德華先生，殿下。我並不是在要求連粒子體產生的利益都要跟全世界分享。可是事實上，在星辰粒子體裡，在這個研究裡的確沉眠著人類所有的可能性。例如促使沙漠化地區重生，藉由操控天候來阻止災害，消除放射能，甚至連太空探索都能夠列入規劃，星辰粒子體就是未來的可能性本身。萬一在第一步時就走錯——人類總有一天，**必定會感到後悔……！**」

西鄉焰在類似確信的感情與熱意的鼓勵之下，發表自己的看法。

他認為沒有遵照正義的成功，盲目與妥協導致的毀滅。

還有為了新時代而犯下的原罪——總有一天會成為危及人類存亡的障礙。

「……是嗎，既然你講到這個份上，那麼我不再發表任何意見，也不會把今天的事情洩漏出去。」

殿下往後退了一步，撤回自己的主張。

與其說他是接受了焰的理論，倒不如說是對焰如此拚命的態度有什麼想法吧。或許還有可能是因為殿下判斷既然星辰粒子體已經靠著「天之牡牛」事件來獲得國際性的地位與理解，放棄現今這種好條件對出資者來說也算是不利。

焰把視線從殿下移到愛德華身上，詢問他的意見。

愛德華．格里姆尼爾瞇起雙眼像是在評估價值，臉上也露出凶猛笑容。

「哼哼……真沒想到研究者談論人類原罪的時代居然會到來。這就是所謂的倫理之進化嗎？讓我回想起你曾對我說過的氣勢萬千台詞，記得是──」

「請別再說了，現在回想起來，那真是相當丟臉的發言！」

愛德華雖然忍著笑，不過似乎沒打算立刻駁回焰的意志。親自走向收藏星辰粒子體結晶體的保管庫後，愛德華就像是要提出代替方案那般拿出一個真空膠囊。

「我倒覺得沒那麼丟臉吧，至少你那番話直接擊中了我的橫隔膜，我已經有三年沒像那樣大笑了──沒錯，你說過要為了『身為人的意氣』而站在研究的最前線。正因為那是我們這些大人無法輕易說出口的發言，所以顯得特別燦爛。不過既然已經說了大話，我希望你能好好盡到這份責任，是吧？」

「…………」

「那麼，來告訴你一件有趣的事情吧。這裡保管的『星辰粒子體』是御門釋天最早拿來『Everything Company』的東西，你知道這件事嗎？」

下一瞬間，焰像是懷疑自己耳朵般地跳了起來。

「什麼？……咦？啥？你說是釋天把粒子體拿給『Everything Company』？」

焰發出走了調的叫聲。看這反應，他大概以為是自己已過世的父親把粒子體寄放在「Everything Company」吧。

然而回顧釋天的行動，或許他曾經表現出那樣的態度。

畢竟把西鄉焰推薦給「Everything Company」的並不是別人，正是御門釋天。

說不定全是因為有他的推薦，對方才會做出「讓年幼的西鄉焰加入研究室」這種亂來的選擇。

「是……是嗎？不過仔細想想的確有道理。就算釋天是『Everything Company』的老客戶，對方也不可能那麼輕易就接受舉薦我的提案……總覺得欠釋天那傢伙的人情似乎增加了讓我心情沉重。」

「好啦，我想你不需要在意那件事，因為那傢伙應該也嚐到了甜頭，要認定是欠了他人情未免太急性子——那麼進入本題吧，你知道這個粒子體**原來**是什麼嗎？」

愛德華隨手把裝有粒子體的真空膠囊丟給焰。一般應該會浸泡在構成蛋白質的特殊胺基酸裡面，但是這個結晶體看來是直接以結晶體的狀態保存。

焰慌忙接住膠囊，看過內容物之後似乎很不解地歪了歪腦袋。

「紅色的結晶體……這物質是『原典（Origin）』嗎？」

「不，那玩意兒不是結晶體，而是**血塊**。有個人類的體內蘊藏著作為『原典(Origin)』的粒子體，這就是從對方身上採集到的細胞樣本的一部分。」

聽到這真相，焰忍不住瞪大雙眼倒吸一口氣。

他舉高膠囊透過光線，以如同看到什麼難以置信之物的眼神望著紅色結晶體——來自神祕人物身上的血塊。

如果這物體真的是血塊，至今為止的前提會全部遭到推翻。

在目前的研究中，進行寄生增殖的粒子體只會附帶不上不下的劣化功能。

這是在星辰粒子體研究中被視為絕對的法則。但是如果真的有哪個人類的體質特異到體內可以宿有不會劣化的「原典」，那麼所有的問題都能解決。

「在體內宿有『原典(Origin)』，甚至連內臟都有粒子體流通的人類……？不，可是那不可能！如果真是那樣，就代表別說體內血管的十％，這個人甚至有可能連心臟的一部分也因為粒子體而變質……問題是目前這世代裡不可能發生程度如此劇烈的變化……」

「那麼，如果是從**胎兒**時期就開始實驗呢？或者是那傢伙本身也有可能是粒子體帶原者的第二代。那樣的話就沒有矛盾吧？」

聽到愛德華嘴裡講出的不人道發言，焰一瞬間啞口無言。

「那……那樣或許真有可能。只要讓粒子體寄生在受精卵上……不，果然還是不可能！粒子體研究是在最近幾年才開始，就算是外部組織，從論文流出時間往回推算也只過了十年！無論使用何種不人道的方法，要得出那樣的研究結果，除非是從二十年前以上就開始研究，否則不可能辦到！二十年前就能夠進行世代交替和胎兒研究的人物根本——」

不可能存在——焰正想這樣講，卻猛然一驚把話又吞回肚裡。

他直到現在，才第一次察覺到那種可能性。

一個能夠讓星辰粒子體的帶原者進行世代交替，也能從胎兒時期開始觀察過程，並且可以在二十年前以上開始研究的人物。焰在這時，想起符合這些條件的人物形象。

發現他聯想到獨一無二的人選之後，愛德華對焰露出打心底感到愉快的笑容。

「沒錯，世界上只有一人——**世界上只有一個可能辦到那些事情的人物**。是吧，西鄉博士？」

「……不，請等一下，那個人應該已經死了……」

「的確是死了，我可以保證——西鄉焰，**你的父親是死亡狀態**。就算這世界上有全知全能的存在，也只有這事實是無法推翻的楔子。但是如果身為粒子體研究領頭羊的他留下的兒子——不，留下的**兩個兒子**身上至今仍舊烙印著他的實驗結果呢？」

愛德華露出如蛇般的眼光，以一種正準備開始狩獵的視線看向啞口無言的西鄉焰。接著他以彷彿知曉世間一切的態度坐了下來，儼然是個正在講述傳說的說書人（Storyteller）。

先點起第二根雪茄後，愛德華就像是要解釋給西鄉焰聽那般地開口說道：

「我來跟你聊點往事吧。關於某個把生涯奉獻給粒子體研究的男子——還有男子死後，他那些在某間孤兒院長大的兒子們的故事。」

# 第二章

——南美洲，巴西聯邦共和國。

一陣高濕度的風吹過樹海深處。

世界最大的熱帶雨林亞馬遜今天也籠罩在熱氣之中。對於不熟悉當地環境的人來說，能見度極差的這片樹海完全是個天然的要塞。

一旦走錯路並迷失方向，恐怕連要從此處脫身都有困難。

白天就有各式各樣的蛇蠍猛獸四處橫行的這片土地，正是存在於人間的魔境之一。逆迴十六夜擦去滴落的汗水，對著走在旁邊的頗哩提毗・瑪塔搭話。

「亞馬遜真是熱爆了。」

「抱怨只是白費力氣。」

「我知道，但還是會想抱怨個一兩句啊。妳看這個測量儀。」

十六夜把手中的簡易氣象測量儀遞給頗哩提。

上面顯示氣溫34℃，濕度82％。

可以說是不快指數高達１２０％的狀況吧。

只要望向遠方天空，會看到烏雲正逐漸籠罩樹海。再這樣下去萬一還下起雨，兩人將會嚐到一桌擺滿不快要素的滿漢全席。對於命中犯水的十六夜來說，顯然是難以忍受的發展。

「現世的地獄就在此處。只有這次就好，能不能靠『護法神十二天』的神蹟來想點辦法啊，地天大人？」

十六夜有點自暴自棄地懇求慈悲。然而頗哩提毗・瑪塔這位地母神原本並不是可以隨便希求其威光的對象。

「護法神十二天」——即使是在維護世界安寧的天軍之中，也被視為最強武神群並受到敬畏的就是這些被稱為十二天的混合神群。

這個吸收中東、古印度、東亞等形形色色神靈而創立的神群，大部分都是由太古的武神構成，被認為是蘊藏著世界數一數二戰鬥能力的神群。在十六夜目前掌握到的名單中，降臨外界的十二天已經超過半數。

包括代理在內，御門釋天率領的「護法神十二天」目前有七名在人世現身。

軍神「帝釋天（因陀羅）」。

地母神「地天（頗哩提毗・瑪塔）」。

太陽神「日天（蘇利耶）」。

創造神「梵天（Brahmā）」。

極東神「伊舍那天（伊弉諾尊）」。

鐵扇公主「羅剎天（Rākṣasa）」。

財寶護神「毘沙門天（Vaiśravana）」。

然而他們這種強大的神靈就算再怎麼降低靈格並來到外界顯現，被稱為最強神群的十二天所有成員一起現身原本是不可能辦到的事情。

因為一個世界能承受的天生神靈至多也只有三尊。

要是降臨的神靈超過容量，光是存在就會讓天地的法則扭曲失常，導致大海掀濤，大地龜裂，天空燒成一片赤紅。所以神靈在干涉外界時，最好的方法就是送出從自身靈格分割出的組織或化身——但是不知道為什麼，這個地母神卻是顯現出身為主體的她本人。

即使綜觀諸多地母神，把農耕文化託付給人類的頗哩提毗．瑪塔仍舊是擁有頂尖靈格的大地母神。人類的數量能爆發性地增加就是她的功績，也具備了獨一無二的權能。這位女神身為促進文明發祥的第一人，能超越她的其他地母神理論上不可能存在。

因此毫無疑問，最高位的地母神正是這位名叫頗哩提毗．瑪塔的女神。

既然是女神中的女神所引發的神蹟，那麼無論如何都想親眼拜見一下——儘管十六夜剛剛的發言也帶有這種期待，臉上依然掛著溫和笑容的頗哩提卻搖了搖頭。

「不可以用箱庭的基準來思考，氣象變化很有可能會傷害到地球。而且講到現世的地獄……東京其實和這裡也沒多大差別吧？」

「是嗎？」

「是啊。從地面上升的熱氣，高於體溫的自來水，即使開到最強也沒有發揮效果的故障冷氣。必須日日置身於這三重苦難之中還得同時努力求學或工作，這正是所謂的人世之罪業。持續學習、持續工作後會走向何種未來？人生的終點又是什麼？到後來，就連我也考慮過是否該以佛神的身分來專注追求解脫。」

頗哩提的視線飄向遠方。

一旦習慣空調設備的便利性，就再也無法回到過去。就算是原本天生耐熱的頗哩提也想要儘快結束工作，回到冷氣發揮效果的房間裡泡著不走。

「現在有比這個更重要的事。我們快要到達目的地了，為了能早點回到日本，確認一下委託內容應該更有意義吧？」

「雖然妳這話有理，但是真的有人在這種樹海裡進行過粒子體（奈米機械）的研究嗎？」

「如果西鄉焰的推測正確，就是那樣沒錯吧。不過我也心存懷疑啦。」

兩人以懷疑的表情低頭看向氣象測量儀。

這次的工作——逆廻十六夜和頗哩提毗．瑪塔這兩人之所以會前來位於南美洲的巴西聯邦共和國，其實有著理由。

是因為他們查明五月初出現的「天之牡牛」的發生地點，是巴西的港都，里約熱內盧的近海。

以繁華南國之都出名的里約是一座巨大到光人口就超過六百萬人，在世界榜上有名的巨型都市。幸好颱風造成的損害並不是那麼嚴重，然而還是無法確定颱風散布的病原菌波及的範圍到底有多大。

「Everything Company」的調查團在法國之後，被派來這個擁有亞馬遜熱帶雨林這片世界最大樹海的國家，才剛開始展開關於病原菌的調查。

——然而十六夜他們很清楚。

那個病原菌是在希臘共和國的克里特島上被追加散播出的東西。

是為了攻擊歐洲，而把毒性強烈的粒子體混入暴風雨中運送。

雖然是極為卑劣的手段，但是即使從經濟面上來看，西歐諸國也受到重大的傷害。劇烈震盪的股市與買斷麵粉的行為還算是可愛的現象，甚至連百年以上的老字號品牌也在短短兩個月內被迫暫時停業，西歐的市場可說是天翻地覆。

在這種時候，「Everything Company」帶著星辰粒子體瀟灑現身。

對於即將荒廢的歐洲來說，毫無疑問是絕處逢生。

「克里特島是病原菌的散布地，亞馬遜熱帶雨林是『天之牡牛』的發生地，這是比較恰當的推論……嗎？不過呢，雖說要藏住一棵樹就是放在森林裡最好，但是待在這種熱死人的地方進行粒子體的實驗不會讓腦袋變奇怪嗎？」

頗哩提抹去反光的汗水，對十六夜回以苦笑。

「的確如你所說。我想對方的腦袋一定很奇怪吧，所以才會想用人類的技術來製造出『天之牡牛』那種東西。關於這一點，我們的財務部經理閣下……」

「等一下，妳能不能別再用那種稱謂叫我？」

「你說這什麼話。對於只花了短短兩個月就把敝公司那種錯誤百出又被棄置不管的財務統整好的功臣，我怎麼能不帶著感謝和敬畏來稱呼你為財務部經理呢！」

頗哩提一邊揮著手對胸口搧風，同時豎起大拇指露出燦爛笑容。看她連前來樹海都規矩穿著套裝的模樣，真不知道究竟是個性認真還是少了一根筋。

畢竟，雙方相識後才過了兩個半月。

十六夜找不出能回到箱庭的手段，最後只好順勢加入了御門釋天經營的保全公司。

天下沒有白吃的午餐。這種大原則不受世界境界限制，到處都可以通用。

而且以年齡來說，他也無法繼續當個學生。

儘管肉體年齡是十九歲，然而在外界的戶籍上已經是二十一歲。要是不好好找個工作只會住在孤兒院裡過著自甘墮落的生活，可就沒臉面對比他年幼的那些少年少女。

如果是在著名的最強武神眾「護法神十二天」所經營的派遣公司裡當個特工，應該可以滿

足自己的勞動意願和求知欲望吧？十六夜就是抱著這種期待加入職場，然而——

面對遠遠超過想像的草率經營方針，讓他很快就陷入抱頭苦惱的狀態。

亂丟在公司大廳裡的合約書，用多國語言寫成的報告書，不明確的獎金，還有許多用途不明的收據等等……

這下根本不是講什麼滿足勞動意願的時候。

十六夜容易給人一種隨性的印象，其實他的內心帶有強烈的嚴謹色彩。

萬一正當的勞動無法獲得正當的酬勞，那可會造成他的困擾。

「雖然也有人提出該僱用財會人員的意見，但我等的工作內容有很多都不能拿上檯面。這個時代有很多事情都變方便了日子過起來也輕鬆舒服，然而資金流向被掌握到如此正確的地步，實在是綁手綁腳到了極點，畢竟我等是護法的武神而不是財神。多虧財務部經理大人你在能釐清的範圍內把資料完美整理好，讓御門社長的無益盜用行為也都昭然若揭。教我怎麼能不感謝你呢？」

頗哩提像是很佩服地頻頻點頭。

不過對於御門釋天來說，卻是被颱風尾狠狠掃到。

「啊……是啦，仔細想想是那樣沒錯。雖說毘沙門天姑且算是財神，不過若要叫那個**上杉小姐**必須具備那麼纖細的技能，倒也是個殘酷的要求。」

「就是這麼一回事。因為那女孩很認真也很努力，在戰鬥方面還可以說是天才，要是她能靜靜地專心從事肉體勞動，我們也能樂得輕鬆。」

「這次的事情就是最好的例子。聽到自己必須基於『Everything Company』的委託前來巴西時，我還算是相當期待，但完全沒想到居然會被下放到亞馬遜的深處。原本我還想久違地欣賞一下里約的性感嘉年華耶。」

「好啦好啦，不可以抱怨工作內容。你是因為客戶指名才被派遣過來，我方也收了指名費用，就妥協一下吧。」

兩人一邊發牢騷，一邊撥開樹海的藤蔓前進。

然而算得上通路的通路就到此為止，接下來是無人踏入過的更深處。

雖說不會有生命危險，但他們必須慎重且迅速地前進，否則天就要黑了。

正當兩人放下行李打算開始準備時——響起簡單的嗶嗶來電鈴聲。

居然趁著自己還在勉強收得到手機訊號的樹海入口時打電話過來聯絡，怎麼想都覺得對方是特地挑準時機。十六夜帶著苦悶表情接起電話。

「是是是，感謝您的來電，這邊是 Secret Service。目前忙得要死，請問您有何貴幹啊，委託者西鄉焰大人？」

十六夜挖苦般地講出這番話後，對方以嘆氣聲回應。

「……這白痴的態度是怎麼回事？而且委託者不是我而是彩鳥大小姐吧？」

「根本沒什麼差吧？」

「就說差得大了，我可不會付委託費給十六哥……好了，這種事不重要，其實我也剛從法國的戴高樂機場回到成田機場。」

「從法國回去？你不是待在德國嗎？」

「兩天前是在德國沒錯。不過實驗結果已經統整好了，所以我很快就離開那裡，前往法國確認病原菌除去的進度。後來收到進展順利的報告，看起來也有把握達成，於是申請了一段假期剛回到日本。你那邊有找到什麼線索嗎？」

手機另一邊傳來西鄉焰的聲音。

十六夜揮著手表現出感到很麻煩的態度。

「完全沒有，連一丁點線索都沒有。世界太平，天下無事，感覺是在白白浪費時間精力，所以可以回去了嗎？我也很想優雅地欣賞里約街頭的性感光溜溜嘉年華。」

「……不，你剛剛才說自己忙得要死吧？還有彩鳥大小姐說過如果你們沒找到任何成果就兩手空空回來，她可不會支付報酬喔。」

聽到焰開玩笑似的回應，十六夜以更不高興的表情閉上嘴巴。

對於目前還不知道該如何回到箱庭的十六夜來說，沒有報酬可拿是難以承受的問題事態。

不管怎麼樣，他都想避免特地來到巴西卻只是白跑一趟的狀況。

「那真是心胸狹小的行為。『Everything Company』和星辰粒子體已經因為這次的事件確立了國際地位，獲得巨額利益正在爭奪世界頂點的大財閥何必說那麼小氣的話。」

「這才叫作別講傻話。不管是大財閥還是什麼，都沒有報酬可以付給那種拿不出成果的傢伙。而且這次是高報酬的工作，十六哥你該擺出長男的風範好好賺錢——不對，我打這通電話並不是因為想諷刺你。」

嗯哼，西鄉焰清了清嗓子。十六夜納悶地皺起眉頭。

「哦？既然不是惡作劇電話，難道是你發現了尋找犯人的線索？」

「差不多算是那樣吧。雖然還沒進展到確定出犯人的地步，不過粒子體的解析結果終於出來了……只是，感覺就是不太對。」

「怎麼說？」

「兩種星辰粒子體的精密度差別太大，我不認為是同個組織做出來的東西。」

聽到這箇潔卻拉高威脅度的結論，十六夜瞇起雙眼露出凶猛笑容。

「哦……？精密度不同的兩種粒子體嗎？這下的確會造成事態改變呢。換句話說，其實製造出天花『彌諾陶洛斯』和颱風『天之牡牛』的是兩個**完全不同的組織**嗎？」

這代表在研究粒子體的組織有兩個以上——應該說**至少**有兩個。這的確是不可或缺的情報，也難怪焰會緊急用電話聯絡。

「就是那樣，理解力強是十六哥為數不多的優點。」

「這什麼話，我的優點可比天上的星星還多。」

「是啦是啦。那麼關於成為病原菌來源的粒子體，和我製作的粒子體是同樣的製造法——

也就是說，似乎是利用從動植物寄生增殖法再往前延伸的方法來製造出的粒子體。關於這部分，我有辦法使其無力化所以不成問題，不過另一個『天之牡牛』卻是下下一個階段的產物。很抱歉沒辦法告訴你詳情，總之我們已經從『天之牡牛』粒子體的一部分上確認到星辰粒子體的結晶化現象。」

十六夜歪了歪腦袋。

就算聽到星辰粒子體的結晶化現象，他恐怕也無法直接意會吧。

畢竟十六夜再怎麼厲害也不是專家，這是理所當然的反應。更何況他直到不久前還待在異世界。現今的科學日新月異，焰的發言對剛從異世界回來的十六夜來說，實在有點困難。

「啊～抱歉，我不知道這樣是有什麼程度的差別。直接告訴我重點吧，簡而言之，那是多了不起的東西？」

「這什麼小孩子程度的提問。算了，大略解釋的話……就是製造出模擬天花這種病原的寄生增殖屬於醫學的範圍，然而『天之牡牛』卻完全是能量守恆定律跟力學的領域。我記得十六哥你知道『馬克士威妖（Maxwell's demon）』吧？應用那個並製造出具體型態的成果就是『天之牡牛』。」

聽到意料外的名字讓十六夜懷疑起自己的耳朵。

對於「馬克士威妖」，他不只是知道而已。

熱力學中的悖論經過擬人化而成的惡魔——就是被稱為「馬克士威妖」的存在。負責掌管寒暖境界的大惡魔馬克士威是過去曾和十六夜等人敵對的魔王之一。

他藉由操縱＋與－的境界讓無限制地置換熱量成為可能，是一個極為強大的魔王。然而卻因為某件事而引發他對愛慕對象的愛意失控，最後被十六夜的力量討伐——所以對於這個「馬克士威」，十六夜比西鄉焰還清楚。

「利用星辰粒子體來重組環境情報，製造出『天之牡牛』。意思是這技術的根源就是『馬克士威妖』嗎？」

「被使用到的功能並不是只有那個而已，考慮到當初颱風沿著海岸一直移動的狀況，也有可能是讓海面的水分分離並操縱氣壓，藉此維持颱風主體。」

「哼，還真是萬能啊。越來越覺得成了個變態跟蹤狂是個可惜的傢伙。」

聽到十六夜的回話，焰感到很不解。

「……變態？跟蹤狂？」

「這事情跟你沒關係，忘了吧……那麼，所以你是想說發生『天之牡牛』的這片熱帶雨林說不定會有什麼危險，要我們更加提高警覺吧？」

「那也是我的目的之一，不過還有一個希望你們一定要找到的東西。環境粒子加速器（Ether accelerator）——這媒介被我們這邊稱為E.R.A，如果沒有將其回收或破壞，有可能會再度製造出『天之牡牛』。不過這任務的棘手之處是連我們都不確定外型，還有在功能方面也不能講得太詳細，所以……」

焰的語氣有點尷尬，十六夜聳了聳肩，露出一臉似乎覺得很麻煩的表情。

「啊～我不需要特別的情報。那樣會減少樂趣，研究者當然也不能隨便洩漏祕密。而且如果是未知的危機，我根本想要到可以自己出錢去大量購買……總之為了孤兒院好，你還是閉上嘴吧。」

十六夜呀哈哈地調侃焰。對照之下，焰這邊是先發出連隔著電話都能聽出的明顯吸氣聲，才輕輕嘆了一口氣。

「……你變了呢，十六哥。」

「是嗎？」

「嗯，整體變圓滑了。」

「體型嗎？」

「對啊對啊整個人都變成一顆圓球……不是啦，白痴！拜託你不要每次都開玩笑轉移話題好嗎？國際電話費很貴，要長話短說。」

「喂喂喂喂，億萬富翁說這什麼小氣的話。我有聽說『Everything Company』給了你非常誇張的獎金喔。讓我這個愚鈍的哥哥沾一點財氣又有什麼關係。」

十六夜再次呀哈哈地說笑。焰不怎麼高興地保持沉默。

其實關於這份獎金，「Everything Company」之前已經提供焰相當高額的融資。原本獨自研發出星辰粒子體的西鄉焰他父親能獲得專利版權費，但是當事者已經過世，身為兒子的西鄉焰也不是從零製造出粒子體。

他只是參考完成形的粒子體——第三種星辰粒子體（3S, nano machine unit）來製造出模仿完成形的劣化品而已。所以對於焰來說，申請專利的步驟實在有些麻煩。

再加上用來查明粒子體的費用當然已經投資了天文數字般的金額，甚至連跟研究無關的孤兒院都由「Everything Company」負責出資。

現階段已經支付的報酬包括給西鄉焰的兩億日幣，讓孤兒院用來修繕和營運的五億日幣；還有要價高達二十五億日幣，焰先前希望增設的極低溫電子顯微鏡（cryo electron microscopy）也不再是借用，而是決定直接裝設最新型機種。

不僅如此，「Everything Company」還幫忙協調了一個條件，只要焰能解開據說蘊藏於粒子體內的永動機之謎，他就能獲得在能源產業上所得利益的〇・七五％。這可是一旦實用化有望達成，甚至能超越石油產業與核能發電的人類歷史上最大能源產業的利權。預估只要一％就足以超過日本國家總預算的利益將會每年都支付給單一個人。

這評價正可以說是特例中的特例，也遠遠超乎常規。

因為只要解開第三種星辰粒子體之謎，西鄉焰將會獲得足以和各國統治者們並肩的力量。

「實際上來說，即使認為你在財政方面已經到達靠個人可以登上的極限應該也不成問題吧？從世界頂點看到的景色如何啊，我偉大的弟弟大人？」

「……笨蛋，那是等星辰粒子體完成後的事情。」

「是啦是啦。那麼，你找我就這些事嗎？」

「嗯，就這些——啊，不，其實還有另一件想問的事情，不知道該說這才是重點還是該怎麼講……」

焰吞吞吐吐地起了頭，卻講到一半就閉上嘴巴。

十六夜不解地側側腦袋，為了避開陽光而躲進樹下。

「怎麼了？如果是麻煩事，我可以只當個聽眾但不幫忙。」

「也不是麻煩事……但該怎麼說，或許是個會讓你感到不舒服的問題……」

「啥？」

十六夜表現出感到納悶的反應。焰是一個對他人耿直規矩，在十六夜和鈴華面前卻很直爽的少年，難得他會擺出這種態度。

重複不自然的言行一段時間之後。

焰「嗯哼！」一咳了一聲，總算憑一股氣勢講出想問的事情。

「十六哥你——對於自己**真正的家人**有什麼想法？」

「……啥？你怎麼突然問這個？」

十六夜發出比先前更顯懷疑的聲調。無端被問到這種讓人難為情的問題，不管是誰大概都會做出同樣的反應吧。

他抓了抓頭像是覺得麻煩透頂，也保留答案沒有直接回應。

「突然是怎麼了？是孤兒院那些小鬼問了什麼奇怪的事情嗎？還是學校裡哪堂課出了這種

作業？」

「啊……不，剛剛那問題還是算了！拜託你全力忘記！總之，十六哥你在調查熱帶雨林時要小心一點就對了！還有不可以空手去碰結晶化粒子體！絕對不行！因為就算是你，也無法保證會平安無事！」

嘟！電話遭到掛斷。

看焰講來講去最後還是要叮嚀幾句的行為，他只是一時無法坦率吧。

在旁邊聽到雙方對話的頗哩提一邊抿著嘴輕笑，一邊動手整理行李。

「嘻嘻，真讓人意外，看來你們兄弟感情很好呢。」

「實際上如何呢？我自認有把他視為當我不在時有幫忙好好看家的小弟並加以溺愛，不過焰說不定覺得我很煩。」

「沒那回事。要是對你沒有家族情感，他們也不會把放蕩哥哥的房間保留下來吧。」

放蕩哥哥——對於這個烙印，就連十六夜也只能苦笑。

對於在孤兒院遭遇危機時沒有趕來而是待在異世界生活的十六夜來說，故鄉的人們仍舊願意歡迎自己的現狀，是個溫柔到甚至有點痛苦的環境。

「不過呢……居然提到**真正的家人**，到底是誰灌輸他這些事啊？」

「嗯？不是指孤兒院的事情嗎？」

「如果是就好了……話說回來，地天大人。我們家的小鬼頭們無論如何都必須參加太陽主權戰爭嗎？」

十六夜不滿地如此發問後，頗哩提似乎很意外地睜大雙眼。

「什麼啊，你還不承認嗎？」

「我並不是不承認。對於他們的努力，我非常認同。畢竟得知焰的研究內容和規模後，連我也覺得似乎頗為有趣——正因為如此，我認為焰和鈴華應該要在這個世界活下去，沒有必要參加太陽主權戰爭搶奪冠軍。」

不分重要與否，都存在著所謂被世界需要的人才。

西鄉焰是身為粒子體的研究者。

彩里鈴華則是孤兒院的長女。

所以十六夜憂慮的問題，是這種已經確立自我棲身之處與存在理由的人們要前往異世界，並面對生命危險的狀況。

察覺到十六夜如此想法的頗哩提搔著臉頰回答。

「原來如此，你是在擔心這種事情啊……嘻嘻，你真可愛呢，十六夜。」

「別挖苦我。」

「我不是在挖苦你。比起這事，你不清楚主權戰爭的規則嗎？這次的恩賜遊戲有規定嚴禁參賽者殺害彼此喔。」

啥？十六夜發出走了調的聲音。

「……意思是殺人就違規嗎？這是什麼啊？我可是第一次聽說。」

「我想也是。基於上次主權戰爭的死者數量成了天文數字，因此從這次開始，禁止各參賽者奪走彼此性命。萬一參賽者陷入危險，主辦者們會宣布敗北判決並出手救助，這就是這次主權戰爭的規則……放心了嗎？」

頗哩提咧嘴對十六夜露出不懷好意的笑容。

然而就算是那樣，十六夜還是覺得無法完全信服。在城鎮中進行的遊戲也就算了，他熱愛的真正恩賜遊戲應該不是那麼半吊子的東西。

恩賜遊戲是只有抵達巔峰境界的人們才能夠挑戰的神魔遊戲。

偏激人權分子高聲主張的那類天真想法，在製作恩賜遊戲時根本不會被考量進去。如果說這次的遊戲將保障性命安全，想來這規則的內側必定隱藏著主辦者的某種意圖。

答案就是——棘手到足以被視為和「保障性命安全」具備相等價值的難題。

（……哼！果然一直不能待在故鄉的世界裡混水摸魚。）

十六夜輕輕咂嘴，瞪向熱帶雨林的暗處。

據說星辰粒子體的事件和「Everything Company」有著密切關係。只要逐步解決，說不定哪天可以和「萬聖節女王」建立起關聯。

或者是利用粒子體為非作歹的那些傢伙們也有可能與箱庭有關。只要狠狠教訓那些人並逼問出回去的辦法，就能解決所有問題。

把手放到行李上的十六夜打算立刻開始準備——

然而這時手機卻傳出簡單的來電鈴聲，是焰又打了第二通電話過來。

……該不會那傢伙其實很閒吧？十六夜歪著頭接起電話。

於是，另一頭傳來宛如地獄鳴動聲的的吼叫。

「十六哥！那個屎天在你那邊嗎！」

面對這嚇人的氣勢，差點讓十六夜搗起耳朵。

「你說屎天……是指社長嗎？他說有事要處理，應該有留在日本。」

「好，意思是他沒有逃亡到海外……！還有，順便也問一下十六哥好了。你沒有因為我拿到了一大筆錢就去動孤兒院的帳戶吧？」

對於這個失禮至極的質問，十六夜終於不悅地皺起眉頭。

畢竟對方已經好幾次都像這樣突然講出沒頭沒腦的言論，也難怪他會有這種反應。

「……啥？這什麼話？你從剛剛開始就一直很沒禮貌耶，我可自認沒有落魄到必須擅自盜用小孩子零用錢的地步。」

「也對，與其偷偷盜用孤兒院的錢，十六哥你應該會光明正大來凹我們。」

「這我不否認。在荷包賺飽前，請原諒我這個哥哥必須當個米蟲。」

「我寬大地原諒你。畢竟那本來就是十六哥和金絲雀老師建立的孤兒院，其實我並不介意這方面。不過既然這樣，果然頭號嫌犯是釋天嗎——那個混帳，這次我絕對不會再放過他……！」

嘟！通話結束。自顧自地嚷嚷一陣又自顧自地掛掉電話，再怎麼沒規矩也該有個限度。肯定是養育他的哥哥和養母有錯。

雖然焰那氣勢逼人的聲調讓十六夜自始至終都感到不解，但他察覺再怎麼思考也不會得出答案，因此乾脆放棄。

轉身面對旁邊的頗哩提後，十六夜開口提問今後的方針。

「那麼，我們接下來該怎麼辦？」

「首先要和這片土地的守護者達成交涉。然後由十六夜你負責靠著粒子體測量器在樹海裡進行探查，我負責和樹海的土地神與精靈談妥並一起調查。等太陽開始下山，我這邊會去接你。」

「我是可以照辦，但是妳能在這片樹海中找到一個人嗎？」

「嘻嘻，雖然看起來是這樣，不過我可是地母神喔。而且你的靈格龐大很容易辨識，除非彼此相隔三座山以上，否則應該沒有問題。」

好了，我們走吧。如此說完之後，頗哩提和十六夜一起步入樹海。嘴裡都在嘀咕想要早點結束這次工作的兩人很難得地完全鬆懈。想來是因為他們心裡多少存著一絲傲慢，認定自己長年在諸神的箱庭戰鬥至今，外界不可能有足以構成威脅的敵人。

然而短短幾小時之後，他們就體認到對於在躲在這片熱帶雨林裡進行的實驗，自己原先的認知實在有點過於天真。

# 第三章

「……話說回來……」

在樹海中大步往前的頗哩提突然抬頭看向天空，臉上浮現嚴峻表情。

「這裡真是相當汙濁。居然能讓身為星體大動脈的這片樹海變得如此烏煙瘴氣，真不知道那些傢伙到底是進行了什麼實驗。」

「大動脈……變得汙濁？就像抽了太多菸的心肺嗎？」

「這比喻很有趣，而且有切中要點。原本即使是從生物學的角度來看，這片樹海應該也處於頂極群落狀態並保持著完美的均衡，現在卻混濁偏差到連我也看得出來……嗯～該怎麼解釋？總而言之就是樹海製造出的氧氣和二氧化碳的比率變得很奇怪，而且是不好的那種奇怪。」

看樣子頗哩提是想說明這裡製造氧氣的速度變遲緩了。

如果是基於這層意義，那麼形容大樹海是星體之大動脈——這樣的比喻大致上的確沒錯。

全球最多的氧氣釋放量，以及負責消耗這些氧氣的熱帶動物們，掌管著這行星最重要的心肺機能。

「十六夜你有聽說過自然界的循環增強和『星之恩惠（Terra material）』嗎？」

「啊～只有從波羅羅那邊聽過一點，我記得是指『自然現象的循環是為了增加星之恩惠的總量』吧？」

「沒錯。神靈是透過信仰獲得力量，半星靈與精靈則是藉由土地的循環來擴大力量。亞馬遜熱帶雨林擁有這行星上最多的氧氣製造量與氧氣消耗量，所以就算形容此地是一處靈脈的聚集體，還能進行在自然界中也顯得特異的巨大循環，其實也不算過於誇大。」

「哦？……如果是基於循環規模來看的話確實沒錯，不過另外還有什麼樣的大動脈？」

十六夜眼中閃出光芒，大概是被勾起了好奇心。

眼神依舊嚴峻的頗哩提繼續說明。

「話雖這麼說，實際上能稱為星體大動脈的地方並不多。如果以地脈來舉例——就是美國的大火山地帶『黃石公園』，還有造成舊生物時代滅絕的『西伯利亞暗色岩』等地方符合大動脈的資格。另外位於太陽赤道上的所有陸海空也……噢，對了，日本列島曾是世界上最巨大的星體大動脈。」

「啥？」

這意外的發展讓十六夜不由得發出聲音。

或許是覺得這反應很有趣，頗哩提豎起食指解釋理由。

「這並不是會讓人那麼意外的事情吧？日本是世界最大的**災害大國**。就像是在大地龜裂上誕生的那個國家由於地殼移動的問題，一年會受到約上千次的地震侵襲；至於屬於天候災害的颱風，多的時候甚至在一年內會有高達二十個颱風通過。包括天地雙方在內，那裡在星體循環中是最大規模且至關重要的土地。所以毫無疑問，應該稱呼為行星最大的大動脈吧。」

「原來如此……講起來或許的確是那樣，不過值不值得高興就是另外一回事了——只是有點意外，歐洲很少有這種所謂的大動脈嗎？」

「與其說是少，不如說是**沒有**，而且是**完全沒有**。當亞特蘭提斯大陸的原形在希臘近海因為火山噴發而消滅時，此地也同時失去大動脈。後來歐洲就成為被神靈當作『人類興盛的土地』而開拓的地區。以結果來說，儘管那裡發掘出眾多文明與思想，那種開拓卻具備與星之恩惠完全相反的概念。所以那個地區有許多神靈的聖地，卻沒有任何星之靈地。」

神靈優先寵愛西方，耗費漫長歲月進行星體改造。

那片土地災害稀少，大地豐饒，有利於人類發展。因此有許多國家在此建國，歷經爭鬥、統合、分裂的循環而發展下去。

在西方，有一部分的神話體系被稱為「循環週期(Cycle)」，正是起因於此。

既然歐洲被改造成不容易發生災害的區域，那麼引發的不良影響當然會轉嫁到其他地方。

西方靠文明循環而發展，東方則靠著星體循環發展。

那就是從西方諸國進行觀測，會覺得位於盡頭的極東之國——日本這個災害大國。

「日本神話和他國的神話、王族的不同之處，主要就是這部分吧。相較於其他國家的『王者為治理國家之人』觀念，日本卻存在著認為『皇族為進諫天災之人』這種決定性的不同。而且對日本來說，算得上是侵略者的侵略者也實在不多。這些要素的結果就是日本作為西曆上最古老的國家並推行君主立憲制，還孕育出世界最長的現人神之系譜。」

「哦……這就是所謂的表達藝術嗎？要是換個講法，其實妳只是在說日本扛著西方的負債奮鬥，**這樣那樣之後**卻意外發展得超乎神明大人的預想而已吧？」

「哈哈，這批評雖然嚴厲，不過確實是那樣沒錯！但是你要原諒我們，畢竟就算是擁有我等的眼光，也沒能看出極東會發展出如此高的水準……而且西方遲早會遭受報應，以前也發生過歐洲的多神教幾乎已經全滅的慘痛經驗，你就當成這筆帳有扯平吧。」

兩人用小刀斬斷樹海的藤蔓，縱身跳過沼澤。

十六夜在腦中攤開世界地圖，提出突然注意到的疑問。

「……嗯？那中華民族又是什麼狀況？那邊是比較偏向星體的文化嗎？」

「不，他們和前述雙方都不同。中華民族是龍種的後裔，如果要說明這部分，必須先知道『**竜**種』與『**龍**種』的差異……不過今天的課就上到這裡吧——有血腥味。」

頗哩提的聲調突然整個轉變，透露出一股緊迫感。

十六夜立刻確認背後，消除死角。他沒有從周圍感覺到敵意，是什麼人曾經在此戰鬥？還是樹海的動物們爭鬥後留下的痕跡？

兩人一邊在沼澤中確認腳下狀況，同時以緩慢速度繼續前進。
如果是樹海裡的動物，不是兩人的敵手。
不，基本上樹海裡的野生動物根本不會想要靠近他們。
因為這兩個人可說是會移動的山脈或大海，也像是一陣猛烈的風暴。光是像這樣闊步於樹海之中，大部分的動物就會奔逃四散。正是因為如此，附近一帶從先前起就沒有任何生物的動靜。精靈和森林的賢者也藏起身影壓低聲息，發著抖滿心盼望暴風雨可以趕快過去。
既然已經讓精靈害怕成這樣，還是乾脆做出不可能拜託他們帶路的結論會比較好。
兩人對看一眼，一口氣往前移動。
來到橫斷熱帶雨林的河川中游後，在穿過樹海縫隙的熱風吹拂下，頗哩提和十六夜開始確認周遭狀況。
之後，他們隨即受到來自河中的襲擊。
「唔！快躲開！」
「我知道！」
兩人分成左右，避開從水中射出的散彈。憑他們的反射神經，這次奇襲根本無法造成威脅，該特別提一下的反而是散彈本身的性質。
那些散彈並非物體，如果要打個比方，感覺像是空氣形成的硬塊。雖說是從水中射出，速度卻不容小覷。即使與一般槍彈相比是稍微遜色，也已經超過人類反射神經能反應的極限。儘管對於曾在諸神的箱庭裡歷經眾多戰役的兩人算是微不足道，也足以讓他們判斷出那並非根據正常的物理定律。

十六夜認定襲擊者躲在樹海的大河裡，準備朝著水面跳下去。頗哩提見狀，立刻大驚失色地抓住他的手臂。

「別跳進去！後退吧，十六夜！」

「妳說什麼鬼話！剛剛毫無疑問是受到來自水中的奇襲啊！」

「不是那種問題！先前的攻擊是可燃性氣體！要是就這樣戰鬥下去，會引燃充滿四周的氣體，把這一帶炸翻！」

聽到頗哩提的忠告，十六夜停下腳步。敵方就像是算準了他們的反應，又從大河中不斷射出空氣彈。

十六夜咂舌跳往後方，用力吸氣想確認是否真的有可燃性氣體存在。

然而他沒有聞到可能符合的氣味。

或許是身為地母神的頗哩提才有辦法察覺的無色無味氣體。既然對方使用可燃性氣體攻擊，那麼比起引燃的危險，確認是否有毒反而更為重要。

十六夜掩住口鼻，仔細觀察水中。

他大概是評估出以空氣彈那種程度的速度，即使在看到之後才做出對應也不會有問題吧。

然而注意到水中正在湧出大量水泡後，這個想法立刻改變。

看到大河的水位急速下降，讓十六夜想通氣體的真面目。

（這是……正在把河水分解成氫氣和氧氣嗎！）

十六夜回想起焰之前在電話裡的報告。

他說過「天之牡牛」是透過分離海面的水分來操縱氣壓。

無色無味的可燃性氣體，急速下降的大河水位。雖然十六夜有看穿大量往周圍散布的水泡與空氣彈是把河水分解成氫氣和氧氣後製造出來的東西，卻還是慢了一步。

「啊，不妙……！」

他急忙護住粒子體測量器。

下一瞬間，被分離成氫氣和氧氣的氣體往外噴發，同時帶起刺眼的閃光與猛烈的爆炸。藉由分解多達數十噸的水流來引發出的氫爆不但導致大河氾濫並分裂成東西兩部分，還伴隨著彷彿能震碎山脈的震動，把周圍整個炸飛。

＊

因為氫爆餘波而被濃霧籠罩的樹海和先前相反，成為無音的空間。受爆炸影響而暫時乾涸的大河雖然還在繼續冒出水蒸氣，不過現在已經逐漸恢復成自然的流動。至於最倒楣的受害者，肯定是恰巧待在附近的生物們。

棲息於河邊的爬蟲類被炸得粉碎，殘骸四散於樹海之中；原本在各處樹木上休息的鳥類被暴風刮起，飛向遠處。

這是威力強大到甚至能改變地形的火力，毫不考慮會讓周圍承受多大災害的爆炸成功地破壞了環境。如果從上空觀察，肯定會看到一個以大河為中心的巨大坑洞。

花了約三十分鐘後，樹海的大河終於恢復平靜。

不久之後水面出現漣漪，水裡冒出一個人影。

「…………」

從樹海大河中現身的人影——看起來像是少女的人物一浮出水面後立刻起身站好。接著她像水黽一樣在水上移動，慢慢靠近河邊。

既然少女的雙腳貼在水面上，表示她應該不是浮空狀態。此人在爆炸的過程中似乎也一直躲在大河裡，但時間顯然已經超過人類可能辦到的潛水時間。而且她的外表也和這些狀況一致，看起來並不同於一般人。

垂下的白色長髮髮凌亂得像是野獸，宛如紅寶石融化而成的紅色雙眼發出燦爛光芒。大概是先天性白化症（Albino）——典型的白化症體質吧。

白髮少女用銳利的眼神掃視四周，最後吐了一口氣像是總算放心。

仔細一看，稚氣的臉孔有著消瘦的雙頰，整個人也顯得極為疲勞。

比起白化症，這筋疲力竭的樣子更凸顯出少女的特異性。看外表會覺得她的年紀似乎比焰他們還小，不過既然瘦弱到這個地步，看起來會比實際年齡更年幼也是沒辦法的事情。身上只有破掉的白衣以及像是要覆蓋住雙手的手套與手銬。說不定少女是從會用冰冷鎖鏈銬住她的地方逃出來，腳鐐的鎖鏈上還有明顯的切斷痕跡。

在水上行走的白化症少女拖著腳鐐來到岸邊，卻發現河岸因為先前的爆炸而升溫，不由得訝異地掩住嘴巴。

再這樣下去會因為太燙而無法上岸，白化症少女似乎很困擾地站在河邊發呆。

「——哼！我還在期待會出現何方神聖，結果居然是個**白化症小鬼**。」

「嗚！」

白化症少女嚇得跳了起來。

大吃一驚的她才剛開始確認周圍，就看到有個人影以幾乎無法辨識的速度從瓦礫的另一頭現身。帶著不高興表情登場後，十六夜瞪著白化症少女狠狠咂嘴。

「開場演得那麼大陣仗，沒想到用出來的招式卻只是區區的氫爆。因為之前先聽說過關於粒子加速器怎樣又怎樣的情報，害我還以為起碼會利用氫氣來製造個核融合爆炸之類……這下妳要怎麼排解我心裡的焦躁和期待感啊？」

十六夜把壞掉的粒子體測量器隨手一丟，把怨氣發洩在少女身上。白化症少女半張開嘴，喃喃說了一句：「真不敢相信……」

然而這是理所當然的反應。就算對手是軍隊，應該也已經被先前那一擊解決。

氫爆消耗的河水大量到甚至造成大河水位降低，不可能有人類在近距離遭到波及卻還毫髮無傷。況且若以爆炸規模來說，威力恐怕足以粉碎一座丘陵。

「怪……怪物……！」

白化症少女甩著白髮沿著河面跑走。

「居然跑在水上逃走，這到底是哪招？」

目送少女背影離開的十六夜一邊嘀咕一邊起身。

「水上步行嗎……雖然不知道是否也是粒子體帶來的效果——」

但少女碰上了剋星。正常來說根本沒有人類可以在這個已經被高溫融化成紅黑色的岸邊自由行動，但是如果真要計較這點，能承受氫爆的人類更是珍禽異獸等級。

白化症少女展現出媲美獵豹的強勁腳力，很快就衝向遠方。

十六夜無奈地吐了口氣。

「看我……這一招！」

然後讓腳下的地面**爆炸**。

「咦……啊……！」

白化症少女低聲慘叫。

所謂的爆炸並不是一種比喻。

留下殘影往前飛奔的十六夜彷彿化為人體砲彈，讓腳下的地面爆炸後衝了出去。肌肉力量超越人類水準的強健雙腳發揮出甚至在大地上踩出坑洞的力量，很快就追過白化症少女。

「啊……哇……哇哇……！」

少女忍不住停下腳步，瞪大雙眼，嘴巴不斷開合。

或許是覺得這反應很有趣，十六夜咧嘴露出賊笑。

「好啦，接下來妳打算怎麼辦啊，白色美少女？如果還有其他武器，最好也拿出來試試喔。因為被抓到前如果有先用盡一切手段，事後才不會感到鬱悶。」

白化症少女的紅色雙眼裡湧上力量。

十六夜原本只是想稍微挑釁一下，結果似乎讓對方產生超乎預估的警戒心。正當他手扠腰呀哈哈大笑，覺得這下可以再玩一會兒時——

少女的腳鐐不經意地映入十六夜的眼裡。

「……帶著鎖鏈的腳鐐？什麼啊，難道妳是在逃亡嗎？」

他以意外的聲調向少女搭話。先前因為白色長髮掩蓋而沒有發現，現在十六夜也確認到少女顯得很衰弱。

如果少女正在逃亡，那麼事態可就大有不同。

萬一是彼此都弄錯了交戰對象，那麼在這裡互相敵對就是無意義的行為。他們反而應該保護這個少女，問出研究設施的所在位置。

然而這個時候，正在害怕十六夜的白化症少女遭遇更進一步的追擊。

「喂，以在箱庭之外的鬧事行為來說，妳是不是有點太**調皮**了？」

「咦……呀啊……！」

頗哩提突然出現，用力抓住白化症少女的肩膀。

看樣子她之前沒能來得及逃走，衣服有一半遭到燒燬。和爆炸前就已經開溜的十六夜不同，頗哩提大概是直接承受到氫爆的衝擊。儘管右半身有很大一部分外露，不過或許該說薑是老的辣，她並沒有表現出害羞態度，而是坦蕩地拘捕少女。

十六夜凝視頗哩提露出來的胸部像是在一飽眼福，同時呀哈哈地開口說道：

「就算提到箱庭她也聽不懂吧。因為看這樣子，她有很大機率是出身於這個世界。」

「……唔？但是引起爆炸的犯人是這個少女吧？」

「大概是。按照焰的說法，似乎是把河川的水分離成氫氣和氧氣——噢，原來是這樣啊，**妳就是『天之牡牛』的真面目嗎？**」

十六夜回想起以前考察過的吉爾伽美什史詩的一部分。

「天之牡牛」原本應該是讓美索不達米亞文明之命脈大河乾涸的旱災星獸。但是關於牠為什麼會變成暴風雨怪物的問題，之前直到最後還是沒能解開。

不過這也難怪。畢竟上次是和彌諾陶洛斯的考察混為一談所以演變成複雜的推論，但是只要像這樣拉出來獨立考察，似乎也不是什麼很困難的問題。

「所以『天之牡牛』成為大型暴風雨怪物的理由是大河的原子解離（dissociation）嗎？如果說那是把河水解離成氫氣和氧氣，藉此抽乾大河……嗯？難道妳不只可以讓原子解離，也可以靠化合（combination）來製造出水蒸氣嗎？」

假設真是那樣，或許「天之牡牛」的真面目也很接近永動機。

十六夜稍微加強警戒心。

白化症少女「啊嗚」幾聲，再度害怕地縮起身子。

要是少女真的可以透過星辰粒子體進行不需要消耗能源的原子解離與化合，這能力可比想像中還要棘手許多。因為之前的氫爆只不過是初級的招式，實際上即使把真正本領視為能夠和鍊金術之奧祕神髓相較的終極祕密技術，倒也不算是過譽。

（焰說過「不可以直接空手去碰結晶化粒子體」，這之間是否有什麼關係？）

十六夜瞇起眼睛看向白化症少女。

他應該是得出對她還不可以掉以輕心的結論吧。

然而對於尚未釐清狀況的白化症少女來說，她似乎根本無法理解十六夜在說什麼。只能就這樣繼續被頗哩提抱住，在恐慌狀態下用力揮動手腳掙扎。

如此一來，最可憐的就是這個不清楚事態的白化症少女。

原本以為已經被炸飛成碎片的男女不但無傷出現，甚至還把自己抓了起來，就算換成大人也肯定會陷入恐慌。

但是這兩個曾經前往異世界，不受這種常識束縛的人物卻看著彼此點了點頭。

「不管怎麼樣，她是貴重的情報提供者。總之我們先換個地方再聽聽看她怎麼說吧。」

「是啊。不過在那之前……要先教育一下這個白色女孩，讓她知道不可以破壞環境。」

啥？十六夜不解地回了一句。

頗哩提的動作很快。

她抓住白化症少女的領口，把對方高高舉起——然後用側肩投法(Sidearm)把**白化症少女用力丟了出去**。

「啊……喂，等等啊，笨蛋！」

「哇呀啊啊啊啊啊啊啊啊啊——！」

十六夜的制止沒能趕上，白化症少女發出慘叫往前飛。

她化為打水漂的石頭，畫出弧線飛向被自身破壞的亞馬遜河下游。在不明就裡的狀況下成了人體石頭的少女在體驗到第三次彈跳時，眼前冒出人生跑馬燈然後失去意識。

＊

——巴西聯邦共和國，貧民窟「Favela」。

幾個小時之後。

兩人從樹海回到市內，照顧白化症少女。因為樹海在傍晚時段會受到大雨侵襲，很難繼續更進一步搜索。

看少女如此消瘦，之前恐怕都沒能好好吃飯。讓困倦的白化症少女繼續穿著溼透的衣服並不妥當，就算她是製造出「天之牡牛」的頭號嫌犯，衰弱到這種地步有可能會病倒。

而且根據她的模樣，很明顯是從某處的設施逃出。

所以首先要讓少女進食，等她恢復體力再詢問是從哪裡逃出來的詳細內情——

然而十六夜在尋找醫生的過程中，心裡不由得產生一股強烈的疑問，覺得：「『護法神十二天』該不會其實只是單純的問題兒童集團吧？」

潛伏在貧民窟一隅的十六夜就像是逮到一個好機會，開口指責頗哩提：

「真是……居然能讓我吐嘈，妳還真是了不起啊，地天大人。我怎麼聽說你們是解決外界問題的專家？」

「我等當然是。然而在此同時，我個人也是引導人類的神佛。如果之前的爆炸是由這個白色少女的力量所引發，那麼我更應該出手。因為那樣的大爆炸要是發生在城鎮裡，就不得不給予嚴厲的處罰。在事情演變成那樣之前，先讓對象透過痛苦來記住事物的善惡乃是教育的基本。」

對於十六夜的諷刺，頗哩提以有些走偏的正論反駁。

十六夜並不是無法理解頗哩提的主張，他自己小時候也從金絲雀那裡受過形式類似的教育。不過金絲雀利用在教育上的並非肉體的疼痛，而是精神方面的痛苦。

只是講到利用疼痛的教育，經歷過人體打水漂還不改過自新的人肯定比較少。

從這種層面來看，頗哩提或許做了正確的行為，不過十六夜還是希望她可以考慮一下時間和場合。

「白化症的小孩嗎……真不知道那些傢伙到底是做了什麼不人道的實驗。」

「那是我們無從得知的事情。雖然也不是不想好好保護她，但是我們現在應該要以調查為優先。」

「話是那樣說，但我們很快就陷入僵局了吧？測量器壞了，現狀也和焰的說法有出入。他是不是說過應該會有個類似粒子體操控裝置的東西？可是根據先前的爆炸，『天之牡牛』看起來似乎是這個白化症少女的力量。」

「實際上如何呢？如果少女能製造出『天之牡牛』，之前的攻防裡應該會做出相關的行動才對。」

覺得頗哩提這番意見也有道理的十六夜點了點頭。

「目前我能推論出的可能性有三種：

①因為少女過於衰弱，所以無法發揮相當於『天之牡牛』的力量。

②因為環境條件不合，所以她無法使用那種力量。

③因為只靠她一個人，其實無法動用相當於『天之牡牛』的力量。

——大概是這些吧。十六夜你覺得是哪個？萬一她另有幫手，事情可就難辦了。」

「怎麼可能是那樣。就算真的有其他幫手，也不會構成什麼威脅吧。這能力的確有趣，不過在箱庭裡頂多只是七位數水準。」

「這……或許真是如此啦。」

「況且基本上，這個白色美少女的力量不就是電子分離嗎？雖然還不知道是否只限定於氫氣與氧氣，但是如果要讓解離後的原子成為水蒸氣，需要的力量是原子化合吧？要是獨立來看，並不會成為那麼兇惡的力量。」

——是那樣嗎？頗哩提歪了歪腦袋。十六夜繼續說道。

「比起那種事，這個白色美少女的病情更要緊。看她這麼衰弱，還是稍微觀察一下比較好。畢竟不管怎麼樣，很難相信樹海正中央會有研究設施。失去貴重的情報來源反而會造成問題吧？」

十六夜把柴薪丟進火裡，提出應該先回城裡一趟的建議。

頗哩提似乎很不滿地皺起眉頭。少女的病情確實讓人擔心，然而認定樹海裡沒有研究設施的結論是個過於躁進又不合理的意見。

就算要優先保護少女，分頭前往樹海和城內才是合理的妥協方案。連這種妥協方案都被省略，這種言行實在不符合十六夜的風格。

「……你怎麼了，工作時意圖摸魚可不像你啊。」

「我摸魚嗎？」

「看起來像摸魚。不，真要說起來，更像是搞錯了優先順序。你是在同情這少女的境遇嗎？」

怎麼可能……十六夜哼笑一聲搖搖頭。

「也不是那樣。與其說是同情這傢伙的境遇，還不如說我是對拿白化症體質的小鬼當實驗體的行為有意見。」

「針對白化症？怎麼了，你是有認識白化症的人嗎？」

頗哩提以有點意外的語氣回應。白化症確實是罕見的症狀，但也不是會讓這個自稱快樂主義的青年特別悲嘆的重大疾病。

十六夜點起廢墟裡的壁爐，然後抬眼望向虛空。

「……嗯，以前有個和我同年齡的傢伙也是白化症。」

「哦？是你的朋友嗎？」

「我認為對方是摯友。」

頗哩提這次真的嚇了一大跳。

若看這位女性平常表現出的成熟氣質，實在很難想像她會驚訝成這種樣子。不過這也難怪，因為就算是神明大人，也沒有預想到偏偏會從這個逆廻十六夜嘴裡聽到「摯友」這種名詞。

臉上帶著好奇神色的頗哩提露出調侃笑容，靠近十六夜。

「真是嚇到我了，你口中居然會講出摯友兩個字。」

「我才覺得妳這反應讓人遺憾呢，我提到摯友有那麼奇怪嗎？」

「與其說是你逆廻十六夜這樣講很奇怪，更應該說你不覺得『摯友』這詞是在『就算心裡這樣想也會不好意思說出口的發言排行榜』裡能進入前三名的言論嗎？」

「……我倒覺得那是神明的偏見，順便問一下另外兩個也排名前三的發言是啥？」

「是『我愛你』和『我要殺了你』。要說出這兩句也讓人難為情，而且需要勇氣──不過重點是所謂逆廻十六夜的摯友。對方是什麼樣的人？」

看來頗哩提的好奇心沒那麼簡單就滿足，她的眼光宛如發現獵物的母豹。然而對於身為當事者的十六夜來說，那並不是可以像這樣拿來談笑的事情。

他尷尬地搔著腦袋，把對話拉回正題。

「還有比這個更重要的事情吧？在這裡研究粒子體的那些傢伙為什麼要把白化症患者當成實驗體呢？這才是問題。」

「……唔，你拉回話題的動作也太明顯了吧。不過也對，仔細想想會覺得很奇妙。」

頗哩提似乎很遺憾地收起笑容，把手搭在下巴上開始思考。那些人使用比一般人更容易罹患疾病的白化症患者進行實驗，說不定是因為什麼特殊的理由。

只是兩人在這方面都是門外漢，根本無從查起。

十六夜繼續發表意見。

「只要調查這個白色美少女，說不定可以明白什麼事情。既然她是粒子體研究的實驗對象，當然更應該那樣做。我覺得向『Everything Company』尋求保護會比較好。」

「……這話也算有道理嗎？實在沒辦法，關於十六夜你摯友的事情就下次再問吧。」

「妳給我盡全力忘掉啊，剛才只是我一時動搖。」

「嘻嘻，很遺憾，你還是放棄吧。地母神對挖人隱私特別有興趣，畢竟也是三姑六婆之一──總之也為了後續的調查，首先要致力於保護少女。不過前提是這個少女真的知道研究設施位於哪裡。」

「根據狀況，想來推測這女孩知道些什麼會比較妥當。畢竟她不只擁有異能，身上還銬著附帶鎖鏈的腳鐐，一般來說都會認為她是從哪間研究設施逃出來的吧。最理想的做法是聯絡上焰讓這個白色美少女接受適合的治療──不，等等。」

十六夜的放鬆表情突然緊繃起來。

他走向躺著的白化症少女，伸手摸了一下連在少女腳鐐上的鎖鏈。

「……頗哩提，妳來看看。這個鏈子是**被切斷**的。」

「什麼？」

頗哩提把身子往前探，也拿起腳鐐的鎖鏈。用鋼鐵製成的冰冷鏈條看起來並不是被先前那樣的爆炸破壞，而是留有遭到利刃切斷的痕跡。

如果少女不是靠自身力量逃出，狀況就會有點改變。

「切斷……意思是有這少女之外的人物放她逃走？」

「而且那個人物還不是先前假設過的擁有同系統力量的傢伙。既然把鐵鏈切斷，說不定還有其他要因。」

兩人交換視線，一起推理狀況。

白化症少女是從設施逃出，然後躲進樹海徘徊，這點不會有錯。

只是不知道她是獨自逃走，還是實驗體們互相合作展開逃亡？

又或是有第三者放走了她？這部分才是問題。

「她是趁著研究設施內發生變故時逃走嗎……或者是有第三者襲擊研究設施造成混亂，所以她趁隙逃走？」

「嗯。因為根據焰的說法，在研究粒子體的組織至少有兩個……傷腦筋，早知道會演變成這樣，當初應該要多問一點詳情——」

這時，響起簡單的嗶嗶來電鈴聲。

十六夜伸手按住在胸口振動的手機，與頗哩提對看一眼。

「……來電？是焰打來的嗎？」

「……嗯。那傢伙，該不會有利用衛星在監視我們吧？」

雖然有句俗話叫「說曹操曹操就到」，但是時機未免太巧。

就算用衛星監視只是說笑，然而懷疑自己搞不好有受到某種監視也是合理的反應。即使焰本身沒這種興趣，感覺他周圍會做出這種行為的人倒是多得很。

十六夜雖然滿心強烈的負面預感，還是以充滿苦澀的表情接起電話。

「——嗚哇！這是怎樣！真的接通了耶，釋天！」

「不愧是女王！上次也是一樣，居然能從箱庭送出訊號，真是什麼都行！不管如何，這下總算還有一線希望！」

手機另一端傳來焰和御門釋天的興奮喊聲。

十六夜有點驚訝地挑起一邊眉毛，才把手機切換成擴音模式，讓頗哩提也能聽到。

「什麼啊，你們兩個人都前往箱庭了嗎？距離開幕式還有一段時間吧？居然偷跑，實在太奸詐了。」

「這也算不上是偷跑吧。畢竟粒子體的研究和傳染病的治療都已經有了頭緒，所以就當作今天開始放暑假，先來享受一下異世界旅行——」

「等一下！現在不是閒聊那種事的時候，兄弟（Brother）！」

這次換成彩里鈴華搶走焰的手機，開口說話。

「你聽我說，十六哥！我們差點被釋天欠下的債務害死！不如說現在也面臨相當大的危機！再這樣下去，小彩跟上杉小姐還有鈴華小姐我似乎會被當成美少女女僕組合賣掉！」

「……啥？」

十六夜和頗哩提都歪著頭看向彼此，想來兩人實在沒辦法理解鈴華在說什麼吧。

旁邊的頗哩提冷靜反問：

「鈴華，是我，頗哩提。」

「嗯？——啊！頗哩提小姐也在那邊嗎？畢竟你們兩人同公司嘛。這次我們家的十六哥麻煩妳照顧了。」

「不，我才麻煩他照顧。比起這事，我希望妳能冷靜下來說明。你們幾個人現在**和釋天一起在箱庭裡嗎**？」

十六夜瞪大眼睛。的確，這是很不自然的狀況。應該有刻意隱瞞身分的釋天現在卻一起待在箱庭，實在讓人心生疑問。

於是，接下來換釋天接聽電話。

「頗哩提，這件事以後再解釋，總之我想先互相告知彼此的要事。聽女王說，你們那邊也有事情想問焰？」

「或許算是那樣，不過我想先知道你們那邊有什麼事。如果敝公司的社長為債務所苦幾經煩惱的結果是終於染指美少女買賣的話，那我也不得不訴請有關當局裁決。」

聽到頗哩提冰冷到讓人結凍的語氣，釋天低聲慘叫用力倒吸一口氣。

「不，那個……傷腦筋，該說我沒有直接責任呢，或者反而該算是被害者呢……」

「什麼！」

「啥！等一下你那句話是認真的嗎？要是不給我有點分寸，我可會把你和柴又的佛像一起丟進隅田川裡喔屎天！」

「……吾父，我講這種話或許有點不妥，但你那種說法實在過於勉強。」

焰和鈴華還有陌生少年的聲音讓十六夜這邊的兩人又歪了歪腦袋。

不管怎麼樣，隅田川一帶正可謂柴又帝釋天的據點。如果發生佛像被丟進河裡的事情，軍神的面子肯定會丟光。

以「護法神十二天」來說，也是再怎麼樣都想避免那種事態。

十六夜原本覺得再鬧下去不管講多久都沒辦法有結論，這時現場唯一的常識分子代表，久藤彩鳥隔著電話發言：

「頗哩提，還有學長的哥哥，可以先提出我們這邊的事情嗎？」

「嗯？……噢，是面具大小姐啊。如果是妳，感覺可以冷靜解釋狀況。」

「嗯，是啊。不過請不要那樣叫我。」

對於十六夜使用的稱呼，彩鳥表現出似乎有點難為情的反應。

十六夜原本還想再說些什麼，不過或許是判斷差不多該繼續談正事了，因此最後還是作罷。

於是久藤彩鳥開始敘述今天早上的事情——也就是西鄉焰回國之後的狀況。

# 第四章

Last Embryo

目前——時值盛夏。

曬燙皮膚的炎熱陽光一天天變得更強，發揮凶猛的威力。東京從三天前就開始多次更新最高氣溫的紀錄，還有不少人因為中暑而倒下。

美麗金髮上滴下汗水的久藤彩鳥正待在悶熱到簡直呼吸困難的車裡，以極為憔悴的表情對負責開車的女性搭話：

「……上杉小姐。」

「什麼事？」

「所謂現世的地獄……或許就是指東京的盛夏。從地面上升的熱氣，高於體溫的自來水，即使開到最強也沒有發揮效果的故障冷氣。必須日日置身於這三重苦難之中還得同時努力求學或工作，這正是人世之罪業吧。持續學習、持續工作後會走向何種未來？人生的終點又是什麼呢？講來講去總而言之換句話說……只限此時此地就好，妳能不能用神蹟想點辦法？」

彩鳥解開襯衫的第一顆鈕釦，以完全投降的態度如此悲嘆。

接受淑女教育的她難得如此散漫。

發育程度和年齡並不相稱的豐滿胸口浮著一層薄薄汗水，展現出的誘惑力甚至足以深深吸引住異性的目光。

雖說她就讀於允許學生穿著便服的私立學校，但是現在這副模樣要是被看到，肯定會被叫去訓導處。明明是自然狀態，視覺上卻如此不健全，真不知道究竟是怎麼一回事。

對照之下，駕駛座上那個綁著馬尾的黑髮女性——被喚作上杉的女性在此酷暑中卻身穿套裝依舊保持儀容整齊。

這名套裝女性毫不躊躇地給出無情回應：

「不好意思，我無能為力。」

「拜託妳想想辦法。」

「不行，忍耐吧。」

她立刻回答，而且果然還是冷淡無情。這就是所謂的全面碰壁吧。

這種身處如此殺人酷暑還能默默開車連眉毛都不動一下的鋼鐵之心，或許彩鳥也該效法一下。

然而這是兩回事。

想要不動用空調就度過東京的夏季，等於是自殺行為。中暑倒下的人日益增加，各家媒體也大幅報導。

彩鳥放掉全身力氣，把視線轉向車窗外。

「如果是頗哩提，對車輛的檢查保養就不會有所疏忽……這下也沒有別的辦法。畢竟可以推論出正是因為被徹底仰仗文明利器的這個現代環境給寵壞，我的武藝才會退化，今天就接受這也是精神修行的一環吧。」

「忍耐這點程度的暑氣哪裡算得上是修行。既然覺得退化，只要再重新鍛鍊就好了。如果是現在，要我為了發洩炎熱造成的煩悶而陪妳練個幾下倒也不是不行喔。」

上杉女士大概也因為太熱而心浮氣躁吧，發言語氣和內容都比平常粗暴。然而彩鳥卻有點意外地抬起頭。

「上杉小姐願意陪我鍛鍊？」

「沒錯，雖然是代理頗哩提大人，但是與其要我做這種類似侍童的雜事，修行反而是和我更加搭配的工作。」

「這……確實是個好提案。對我來說也是求之不得的機會，有空閒時還請妳務必指教一回。」

雖然是自暴自棄的發言，但彩鳥的積極反應對上杉女士來說似乎也是意料之外。

因為如果知道她是什麼人，就無法隨隨便便提出想在鍛鍊時找她作陪的要求。

上杉女士在號誌跳成紅燈時停了下來，透過後照鏡向彩鳥發問：

「抱歉在妳期待時潑冷水，但我幾乎沒有指導人的經驗喔，沒關係嗎？」

「光是能請妳跟我交手就已經很光榮了。身為著名最強武神眾『護法神十二天』之一，也是保管『毘沙門天』神格的大人——越後之龍上杉謙信公若能陪同我一起鍛鍊，可說是夢寐以求的事情。而且，我正好也想發洩一下內鬥造成的悶氣。」

彩鳥帶著敬畏講出這個名號。

要是有人聽到，大概會驚訝得跳起來吧。

彩鳥似乎有點愉快地疊起雙腳露出微笑。

「從第一次見面那時開始，上杉小姐的存在就讓我心生疑問。雖然曾經略有耳聞上杉謙信公是女性的說法，可是看到本人像這樣在自己的目前現身，還是讓我不由自主地受到另一種衝擊。以川中島之戰為代表的各式遠征英勇傳說……我想趁這個機會親自體驗並探查清楚。」

「什麼啊，結果妳這傢伙也是想挖掘我的祕密嗎？」

「雖然那的確是我真正的想法，但想和妳比劃一下同樣也是我真正的想法。」

彩鳥並沒有試圖掩飾，而是正大光明地如此說道。

上杉女士也很難得地以愉快的語氣回應。

然而就算得知這位女性是上杉謙信公，恐怕還是會讓人不得不感到疑問吧。

越後之龍，毘沙門天的化身（Avatar）——上杉謙信公在日本是個無人不知的人物。

最早以戰國時代最強武將之身打出名號的武將就是這個上杉謙信公。

傳言中曾經和織田家、武田家、北條家這些日本頂尖的武將們交戰，並使對方感到戰慄的上杉謙信在其生涯中歷經過七十場戰役，而且只敗戰僅僅兩次。

據說以萬夫莫敵的將軍而聞名天下的上杉謙信自詡為「毘沙門天的化身」，使用代表毘沙門天的「毘」字旗，以及代表「不動明王」的「龍」字旗作為軍旗。

雖說由上杉謙信負責保管「毘沙門天」的神格並成為代理的狀況並非特別不對勁的事情——但問題是這個人的**性別**。

正如彩鳥先前所言，也不是沒有主張上杉謙信是女性的說法。

尤其是西班牙特使所寫的報告書中存在著能支持「上杉謙信女性說」的確實證據，日本國內也留下像是在懷疑其性別的歌謠，因此無法將這個說法徹底斷定為民間謠傳——而且講到最根本的問題，是只要看一眼她的外貌，應該就能立刻領悟如果沒有諸神的介入，要守住這個祕密是絕無可能辦到之事。

畢竟上杉女士只要別開口也別拿武器然後靜靜坐著，看起來簡直是大和撫子這種日本傳統女性形象的範本。

一旦放下那頭柔順閃亮的長長黑髮，再搭配宛如白雪般晶瑩剔透的肌膚，肯定所有人都會屏住呼吸看到出神。

她在雙方初次見面時穿著和服的模樣，至今仍舊深深烙印在彩鳥心裡。

甚至讓彩鳥腦中閃過——「立如芍藥，坐若牡丹，行猶百合」這樣的讚美詞。上杉的肉體、外表年齡都是和她相近的十八歲，也是彩鳥從之前起就一直想找機會彼此聊聊的對象之一。

不知道她是身負何種使命來以護神「毘沙門天(Vaiśravana)」代理之身自稱為上杉謙信公，並作為神格保持者顯現於人世呢?實在讓人深感好奇。

「哼哼，好吧，我對歐洲的武術技巧也有興趣。等去海外出差的頗哩提大人回到日本，我的護衛工作就會結束，之後不管要找我幾次都可以奉陪。」

嘴角帶著淺笑的上杉女士稍微用力踩下油門，接受彩鳥的要求。

兩人即將到達目的地「CANARIA 寄養之家」。

這時彩鳥想起自己的胸口還暴露在外，先是自我反省般地微微紅了臉，才害羞地趕忙扣好釦子。

「話說回來……頗哩提是去哪個國家出差？」

「什麼啊，妳沒聽說嗎？」

「因為直接的雇主不是我而是母親大人，不過我有聽說過她是和學長的哥哥……呃，就是和十六夜先生一起去南美大陸了。」

彩鳥換上比較認真的表情繼續這話題。南美大陸也是形成「天之牡牛」的地域，她大概是在擔心該不會又發生了什麼新事件吧。

上杉女士正在猶豫到底該怎麼解釋時，車子正好到達孤兒院前方。

「我明白了，就連同這件事一起說明吧。因為看樣子釋天那傢伙剛好也有來。」

「釋天先生嗎？」

彩鳥有些意外地看向孤兒院的車庫。

裡面的確停放著釋天的愛車。

停好車以後，上杉女士稍微擦去汗水，打開後車門引導彩鳥下車。

「之前事件後過了三個月，我等也改變了想法。既然箱庭的存在已經被發現，那麼繼續對西鄉焰隱瞞我等身分並沒有好處。所以最後得出乾脆把一切坦白告知，並且對西鄉焰提供協助或許會比較好的結論。」

「原……原來如此。但是，學長和鈴華能夠理解嗎？」

彩鳥不安地皺起眉頭。

就算打兩人年幼時就受其照顧的人物有一天突然宣布：「其實我是帝釋天！」感覺也不會被他們視為事實，頂多只會被當成笑話吧。

然而上杉女士卻挺著胸膛如此斷言。

「不管相不相信，釋天都會讓他們接受。雖然看起來是那樣，但釋天平常不但在酒色上都不知克制，而且還是浪費分子這種集人類各種腐敗於一身，跟垃圾破爛沒兩樣的傢伙。能和帝釋天的神格相似至此的人在世上可沒有幾個，反而該說肯定只要講出神名就能讓他們接受。」

上杉女士充滿自信地頻頻點頭。

能讓部下如此明確斷定為廢物的神靈想必也很少。

看在彩鳥眼裡並不覺得釋天是如此糟糕的神明，不過或許是接觸機會越多，越會看清對方的缺點吧。不管怎麼樣，今天是要確立今後方針的重要日子。

進入暑假後，焰三人都得出空閒時間。

有許多事情必須在太陽主權戰爭開始前先做好決定。就算不說明釋天他們其實是神靈，也只要說是箱庭相關人士就可以了吧。

彩鳥端正姿勢鼓起幹勁，伸手打開孤兒院大廳的門——這時。

孤兒院內部傳出西鄉焰和彩里鈴華的咆哮。

＊

「——從現在起！要召開第二十四次『處決御門釋天』審判！」

「等一下！你們根本還沒審就已經判了！」

「吵死啦！被告給我閉嘴！」

「你這混帳知道什麼叫作事不過二十三嗎！這次連鈴華小姐我的肚量都已經爆炸，怒髮也衝破天際超越世界了啊可惡！給我老老實實地接受公正寬大的魔女審判吧！」

碗碗碗！三個人都在拍桌大吼。

西鄉焰和彩里鈴華以灌注所有怒氣與不屑的眼神瞪著另一個人——御門釋天。兩人甚至已經憤怒到面目猙獰。

彩鳥和上杉女士愣愣地站在大廳入口，彼此對看。

「裡面好像正在鬧著什麼事情……怎……怎麼辦呢？」

「這下要進去的確有困難，先觀察一下狀況吧。」

她們把耳朵貼在大廳前方的房門上，窺探裡面的情形。

這場審判似乎呈現出由焰＆鈴華這對搭檔主導的一面倒進展。

焰沒有給釋天開口辯白的機會，直接把銀行存摺甩到他的臉上。

「罪狀！存在孤兒院這個帳戶裡的獎金以及補助金全都遭到某個人盜用！在我為了檢驗傳染病而前往歐洲的期間，能夠使用存摺提款的人只有鈴華、彩鳥，以及釋天三人！因此，原告方斷定以上犯行都是源自於御門釋天的盜用！」

「為什麼突然斷定！證……證據呢？指控我是犯人的證據在哪裡！」

「證據一！帳戶減少的金額總共是五億日幣！當然不可能使用ＡＴＭ領錢！鈴華檢察官！」

「檢察官接獲原告的告訴後，基於此證據前去詢問附近的合作銀行！結果櫃檯的大姊姊笑著提供了以下的證言：『孤兒院的錢？是平常那位大叔把錢全都領走了喔♪』！」

「很好，有罪！Guilty！」

「Guilty！Guilty！」

「等……等一下！我有異議！光是那樣顯然證據不足！銀行行員證詞裡提到的『平常那位

瀟灑大叔』是我的證據又在哪裡！」

「「曾經去同一間銀行盜領過二十三次的慣犯講這什麼鬼話！你這個人渣！」」

砰磅！兩人的膝蓋飛踢都命中了釋天的側頭部。

原本被迫貼著沙發腳跪坐的釋天幾次彈跳後重重撞牆，就這樣再也不動了。看來自我申辯的時間已經結束。

氣喘吁吁的兩人發出長到不能再長的嘆息，然後一起垂下肩膀。

在這種狀況下——有個少年半張著嘴，無法跟上事態發展。

那正是在三個月前的「天之牡牛」事件後，被這間孤兒院「CANARIA 寄養之家」收留的少年，阿斯特里歐斯。

目前寄住於孤兒院裡的他在附近的法式料理店「Don Bruno」工作，今天卻在沒有任何說明的情況下被帶來此地，只能穿著店裡的圍裙，按照要求坐在法官席上。

調整好呼吸的焰轉身面對沒有跟上現場狀況的阿斯特里歐斯。

「那麼阿斯特里歐斯首席法官，請您做出公平正大的判斷以及有罪的判決。」

「你……你冷靜一點，焰。雖然你們在我工作時突然把我帶來這裡，還叫我擔任首席法官……但是抱歉我必須這樣說，我出生的時代根本沒有貨幣這種概念，所以我不是很懂釋天的罪狀是什麼，也不明白你們到底在生氣什麼。而且真要說起來，在繁忙的午餐時段溜出店裡的罪惡感反而更強烈。」

阿斯特里歐斯被帶來這裡的原因，大概是希望他能以第三者的身分來做出最低限度的定奪吧。然而身為當事者的阿斯特里歐斯直到現在還是沒能充分了解狀況，只是伸手撿起幾乎已經被掏空的銀行存摺。

他似乎可以理解勞動的義務，不過還沒進步到明白這個時代的等價交換。大概只把貨幣當成一種從以物易物延伸出的方式。

看到阿斯特里歐斯似乎很困擾地歪著腦袋，焰也皺起眉頭。

「啊，對喔。彌諾陶洛斯的時代……青銅器時代好像還沒有貨幣機制？」

「畢竟阿斯特里歐斯出身於西元前兩千年的時代嘛。」

「就是那樣。不過那時有遠比現代單純的以物易物方式……為了做出公平的判決，你們可以用糧食存量之類來舉例嗎？」

「沒……沒錯沒錯！法官無法理解的證據根本沒有意義！還有身為被告，我要求傳喚律師！現在就去敝公司調用優秀的人才……」

「很好，那麼由我來接手吧。」

磅！上杉女士推開大門，像是看準了時機。

彩鳥因為偷聽行為曝光而顯得很慌亂。

釋天則臉色蒼白地大叫：

「嗚喔！上杉！等一下，我才沒有叫妳來！」

「你不必客氣。原本這種場合應該要找閻魔王來，但他還在出差。以上杉之名為誓，我保證會做出公平正大的判決。」

「不對！我要找的是辯護律師！才沒有人需要頭腦簡單的黑心法官！」

這話很有道理，然而沒有人同情釋天。

上杉女士拿出工作用的平光眼鏡，開始統整先前的證據。

「來整理被告是犯人的證據吧。

①能夠動用受害銀行帳戶的人只有御門釋天、彩里鈴華、久藤彩鳥這三人。

②銀行櫃檯的行員提出證詞，表示從帳戶中提領金錢的人是男性。

③另外，御門釋天上個月也在歌舞伎町欠下了巨額負債，所以有充足的動機。」

「等一下，妳怎麼知道……」

「又來了嗎！你又欠錢了嗎！」

「這次是又迷上了怎樣的女人？是在國外被父母賣掉的可憐少女？還是被新興宗教騙了的寡婦？或者是……被進口作為非法器官來源的偷渡客？」

啪！彩鳥拍了拍手，像是終於想通什麼。

「……啊，所以擅自盜用補助金也是因為那樣……」

原本彩鳥直到今日都不清楚盜用的內情，不過既然有這種無法公開的理由，那麼也是無可奈何。畢竟要是鬧上警局直接把事實全盤托出，被救出的那些女性也必須前往法庭。焰和鈴華正是因為明白這方面的苦衷，所以才只動用私刑——不過，講起來還是兩碼子事。

「嗚……既然你們已經知道這麼多，看來不可能繼續佯裝不知……！」

「不，我認為你早就已經死路一條了，老老實實地接受制裁吧。」

上杉女士冷靜地把拇指朝下，擺出有罪的手勢。真是毫無慈悲。

「……那麼，剩下多少錢？」

「沒了，為了幫助被捲入某事件的兄妹檔，我把所有錢都花光了。」

「你是白痴嗎！」

「那是五億啊！五億！不是五十萬也不是五百萬，而是五億日幣！到底要怎麼花才能在這麼短的時間裡全部用光！你這個屎天！」

Guilty！Guilty！兄妹倆氣得齜牙咧嘴，宛如化身惡鬼。

雖然他們很想再痛毆釋天幾下，但現在連做這種事都是浪費時間。

所謂連明天要吃的米都沒著落就是指這種狀況。

支付給西鄉焰個人的獎金要到這次的歐洲遠征結束後半個月才會入帳，換句話說他們現在身無分文，再這樣下去孤兒院會枯死。

「可惡……怎麼辦？既然已經拿去還債，鈴華小姐我認為犯人聲稱手邊沒剩下錢的說詞也不是謊話，這下該怎麼做才好，兄弟（Brother）？」

「很不妙呢，姊妹（Sisiter）。這是孤兒院創設以來，第二次遭遇到的重大危機。如果是平常，可以用一拳&一腳&賠償三倍的懲罰來放過他，但是這次的金額不一樣，現在可不是跑去什麼異世界的時候。事到如今，只能賣掉釋天的器官來彌補一點差額……」

「學……學長，還有鈴華，我想釋天先生那邊應該也有什麼進退兩難的隱情吧。這次就由我來墊付生活費，可以就此收場嗎？」

語畢，彩鳥從皮包中拿出信用卡。鈴華雖然因為看到黑卡而有點退縮，焰的表情卻很憂鬱。

「不……我們已經欠彩鳥大小姐太多了。基於人道，我不想再欠更多債。如果可以全部算在釋天頭上那就另當別論……不過怎麼能給大小姐添這樣的麻煩，也就是以具體數字來說怎麼能借用兩百萬……」

「不必擔心，欠債會以9：1的比例各自登記在釋天先生和學長名下。請不必用金錢，而是用行動來還債。」

「……啊，結果還是要把這筆帳也算在焰頭上嗎？」

不愧是小彩……鈴華感到很佩服。

坐在法官席上的阿斯特里歐斯看了一下時鐘……發現午餐時間已經快要結束，只能靜靜地獨自嘆了一口氣。

*

——「天之牡牛」到處肆虐的事件後過了三個月。

把「Everything Company」製造的「星辰粒子體」散布與配發出去後，傳染病引發的瘟疫得以沉靜下來，認為損害已經被抑制到最低限應該沒有問題。

身為開發者的西鄉焰在那之後似乎立刻前往海外現場，在觀察病患進展與清洗受病原菌汙染的土壤時，他都有從旁參與。也判明在那裡發現的兩種粒子體都是性質和焰開發的「星辰粒子體」極為相近的東西。

一行人把御門釋天用蓆子整個包住然後吊掛起來，接著詢問上杉女士的來意。

她拿到來自箱庭的邀請函，原本打算按照預定公開自己等人的真實身分——也就是身為「護法神十二天」的名號，卻在御門釋天的苦苦哀求下決定作罷。

焰盤腿坐在沙發上，仔細推敲上杉女士先前的發言。

「……哦，原來釋天和上杉小姐都是箱庭的相關人士嗎？」

「你好像不太驚訝。」

「這個嘛……也是啦，因為在我得知彩鳥是異世界……箱庭的相關人士後，已經隱約想像過了。而且不管怎麼想，釋天在颱風那天的言行都很奇怪。」

焰用力搔著腦袋，回憶起兩個多月前的往事。

被召喚到箱庭的那一天——曾有兩個人對西鄉焰提出忠告，詢問他「有沒有發生不可思議的事情」。

第一個人是「Everything Company」的大小姐，久藤彩鳥。

第二個人則是這個被綑起來的社長——開公司經營國際性保全服務以及特工派遣業務的御門釋天。儘管他現在被層層捆住，不過連焰也聽說過釋天在相關業界裡是相當有名的傭兵。

畢竟他們可是世界排行前五的大財閥「Everything Company」愛用的傭兵集團。

護衛重要人士，事先解決恐怖攻擊，還擁有單一個人根本無法想像的龐大情報網。

據說一旦和他們為敵，只要一個動靜一個聲響，目標還來不及慘叫就會被解決。因為這種戰鬥能力，也有很多人稱呼他們這一派為「軍神」。

……感覺完全不像是這種被捆起來吊掛的男人能獲得的外號。

「我知道頗哩提小姐是個超人，但釋天乍看之下根本沒有那種好像很厲害的感覺啊，而且他還動不動就欠債也動不動就盜用款項。」

「那麼，這個沒志氣的不可靠傢伙是和哪裡的怪物有關？窮神之類嗎？」

「為了他個人的名譽，我還是代為隱瞞吧。不過，我想你們知道以後肯定能夠信服。」

上杉女士以不屑的眼神看向帝釋天。

雖然蔫子裡傳出抽搭哭泣聲，但依舊沒有人同情他。

彩鳥咳了一聲，拉回話題。

「那麼，關於這位上杉小姐的真實身分——」

「不，這不用說明也猜得到。」

「畢竟都直接叫作上杉謙信了。我不知道妳是上杉家的代理人還是其他什麼，但是在姓名方面多努力掩飾一下是不是比較好啊？」

「……唔。」

上杉女士嘟起嘴表示抗議，不過並沒有開口反駁。

她也不是自己願意直接使用本名。

依靠信仰來提高靈格密度的神靈和神格保持者有個缺點，光是使用偽名就會導致靈格減少。再加上她是以毘沙門天代理人的身分再度誕生，若以偽名自稱，等於是對主神的冒犯行為。

基於以上這些隱情才使用了本名，結果卻被如此批評，讓她有點難以接受。

只是焰等人並沒有理會上杉女士的不滿，而是繼續討論。

「算了，怎樣都好。舉辦遊戲的時期有正好碰上暑假真是讓人感謝，那麼我們具體上該怎麼做？」

「只要打開這封邀請函，就會再度被召喚到箱庭。你們被當成特例，可以自由往來箱庭和外界，但關於這方面的詳細情況，等到達開幕式會場以後再問吧。」

上杉女士拿出印有「Queen Halloween」旗幟的邀請函。

上次是電子郵件，不過這次似乎是實體信件。

雖然是有可能因為女王的一時興起而改變的舉辦通知，但是總比過於特異而導致己方受害要來得好。

「那麼事不宜遲……」

「啊……等……等一下！在那之前我還有些事情想說！」

當焰等人正準備打開邀請函時，被捆在蓆子裡的御門釋天開口大叫。

一口氣承受所有人的冰冷視線讓釋天忍不住稍微沉默，不過大概是有什麼不由得他繼續畏縮的理由，他還是用蠻力繃斷包住自己的蓆子，脫身後從皮包裡拿出兩張閃爍著光輝的卡片，遞給焰和鈴華兩人。

「先把這個恩賜卡給你們，你們應該都還沒有這東西吧？」

「恩賜卡？這是什麼？生日卡？」

「賀年卡？」

「聖誕卡……也不是呢。」

聽到兩人帶頭胡鬧，彩鳥有些不好意思地跟風。

釋天沒有理睬他們，而是繼續說道：

「只要有這個恩賜卡，就能夠隨時攜帶自己擁有的裝備以及會在緊急狀況時用到的生活用品。你們要記得把拿到的恩賜都收進這張卡片裡。」

「……哦，簡而言之，這就是可以取出內容物的四次元卡片嗎？」

「你可以當作是那樣。再加上我已經自行推論過今後的遊戲進展，把一整套可能會用到的恩賜都放了進去。只要不弄丟這張卡片，應該能在各種情況下都發揮功用吧……不過呢，價錢倒是高得出乎意料，我沒想到整套裝備就要價九位數。」

釋天似乎很尷尬地搔著腦袋。

一行人就像是遭到奇襲，紛紛瞪大眼睛懷疑起自己的耳朵。

「你說九位數……意思是消失的五億日幣是……」

「抱歉！那些錢全都用來買這兩張卡片和裡面的東西了！我原本以為可以更便宜一點，但不知道是因為被人趁機哄抬的情況比想像中嚴重，還是因為自己平常好事做太少，總之該怎麼說……真的很抱歉。要是知道你們會被叫去參加太陽主權戰爭，我就能幫忙準備更有用的恩惠，沒想到長期脫離主辦立場的情況卻適得其反。用掉的錢我一定會還，希望你們這次能原諒我。」

釋天邊嘆氣邊垂下肩膀，看來他先前提到的「被捲入某事件的兄妹檔」似乎是指焰和鈴華。所以這次事件的真相，就是釋天想在這邊的世界裡準備能幫助兩人在太陽主權戰爭中獲勝的恩惠，結果卻被迫花費更多的金錢。

「彩鳥，女王要我拿給妳的新武器也放在焰的恩賜卡裡，晚點妳要記得確認一下。」

「我……我也有嗎？」

「當然。因為不管怎麼想，在這些人當中的最強戰力都是妳啊，所以先增強戰力是最好的做法。鈴華也可以把從中公豹那裡搶來的『開天珠』收進卡片裡。」（註：第二集原文為「開転珠」，此集起更正「開天珠」）

「原……原來如此，感覺真的很方便。我現在去拿！」

鈴華咚咚咚地衝向自己房間。

釋天接下來轉向阿斯特里歐斯。

「阿斯特里歐斯，你的身分很難處理。你目前被視為焰等人的『所有物』，雖然也可以把你當成參賽者，但是既然擁有恩賜卡，其實有更有效的運用方法。因此我想暫時先繼續把你當成所有物，這樣可以嗎？」

「我是無所謂，但具體來說該怎麼做？」

「詳情要等遊戲開始有動靜後再說明，所以你這次先留在孤兒院裡吧。如果我的推測正確，你留在孤兒院裡才能在危機時幫上忙。」

聽完釋天的提案後，阿斯特里歐斯只用視線向焰提問。

即使加上阿斯特里歐斯，西鄉焰一行人也只有四名出場成員。他不確定做出這種會讓人數更少的行為是否妥當。

然而，焰卻意外地乾脆點頭。

「這樣也不錯吧？畢竟不能沒打聲招呼就直接翹掉唐店裡的工作。而且講到願意僱用來歷不明人士的店家，我也只知道那裡。」

「……這樣真的好嗎？」

「既然釋天說他有想法，那麼聽他的話才是上策。因為除了金錢方面，這個釋天叔叔是很可靠的人喔。」

是這樣吧？焰以開玩笑的語氣說道。

不過，釋天這次也沒有理會這句話。

在最後把視線移到焰身上後，他換上過去幾乎從未有過的認真表情。

「……焰，針對你，我在最後還有一件無論如何都要先問清楚的事情。」

「什……什麼啊，這麼突然。」

「你真的覺得參加太陽主權戰爭也沒關係嗎？對於參加這場太陽主權戰爭的意義，你——西鄉焰有真正理解嗎？」

聽到御門釋天的提問，在場所有人都倒吸一口氣。這句話充滿符合「軍神」之名的威嚴，也是平常的他絕對不會說出口的發言。

現在的釋天臉上帶著在彼此相識以來的五年間……絕對不曾在孤兒院少年少女們面前顯露過的表情，對西鄉焰提出質問。

——西鄉焰參加太陽主權戰爭的理由。

邀請焰前往箱庭的女王雖然承諾會給他莫大的報酬，然而那等於是事後才取得同意，換句話說是結果論。即使突破了彌諾陶洛斯的迷宮，西鄉焰依然遠遠算不上當事人。

為了讓他能在這場神魔遊戲中戰鬥下去並成為符合真正意義的參賽者（Player），釋天才會質問焰本身的戰鬥理由。

「……戰鬥的理由嗎？」

焰有點猶豫，他很清楚自己必須定義出一個明確的答案。因為戰鬥的理由或是發起行動的理由如果並不明確，在陷入危機時會很難奮起。

他本身也在這兩個月內充分深思熟慮。

對於西鄉焰來說——在這場主權戰爭裡，他**沒有戰鬥的理由**。

不過，卻存在著**讓他參賽的理由**。

源自金牛座的「天之牡牛」與「彌諾陶洛斯」等怪物的產生地點雖然是箱庭，但是被召喚出來的原因卻是星辰粒子體。而惡用星辰粒子體的結果，則是上次的戰鬥。

光是為了爭奪一個主權，就已經造成數千萬人受災。

為了找出引發這災害的敵人，西鄉焰必須參加主權戰爭。

「講到我戰鬥的理由……答案是沒有。雖說對女王很過意不去，但我並不打算爭取異世界的名譽或遊戲優勝等目標。只是覺得既然要參加，就要盡力做到最好。」

「……就算是那樣，你還是要參加嗎？」

「我也只能參加。至少包括『天之牡牛』在內的那些怪物，都是靠惡用星辰粒子體而召喚出來的東西。我不能放過那樣的組織……只不過我的最優先目標是找出敵人，並沒有特別去考慮更進一步的事情，所以我不會隨便亂來。要是自己死了，孤兒院的孩子們就會流落街頭，我無論如何都要避免這種事態。」

要針對惡用粒子體的組織，查出對方的全貌。

焰是為了這個目的才參賽，並沒有把優勝列入考量。

釋天連連點頭兩三次就像是在仔細評估這段發言，然後才放鬆表情再度點了點頭。

「要找出惡用星辰粒子體的敵人嗎……也對，想讓你維持積極幹勁，這是最好的理由。而且最重要的是，這理由很適合西鄉焰。」

「我也這樣認為……不過啊，如果要講個貪心點的希望，其實我很想和十六哥比賽一次看看。」

焰帶著苦笑搖了搖頭。

如果斯卡哈的發言是事實，那麼十六夜會在滿二十歲的同時失去出場權。

在那之前，焰很想和十六夜在遊戲裡認真較量一回。這毫無疑問是他的真心話，因為只要這場主權戰爭結束，西鄉焰和逆迴十六夜之間的接點恐怕會完全消失。

既然彼此的狀況無法互相配合，這也是無可奈何的結果。

兩人之間的緣分肯定是在五年前的那一天就已經斷絕，之後各自待在永不交會的星辰之上。

「如果可能的話，希望你有空時可以告訴我十六哥的調查結果。我認為一方面能根據那些結果來推測敵人的情報，而且只要妥善安排，還可以和十六哥一起發動夾擊。」

逆迴十六夜在故鄉的世界。

西鄉焰在箱庭的世界追尋敵人之謎。

或許是認同了這個結論，釋天拍著焰的後背，邊笑邊站了起來。

「既然你考慮了這麼多，那麼我已經沒有什麼好多說……也罷，這次是沒有生命危險的遊戲，接下來就好好去享受吧。畢竟是難得的異世界旅行。」

「嗯，我就是打算那樣做。研究已經告一段落，而且也進入了下一個階段。今後只要『生命大樹(Genom Tree)』計畫能夠順利，還會開始進行環境控制塔的具體建造計畫。我會好好享受這短暫的休假。」

兩人握拳互擊。

於是，御門釋天該提問的事情已經問完了。

上杉女士像是看準時機，在此時舉起一隻手並開口發言：

「關於這次的召喚，我和釋天也會一起前往精靈列車。原本獲得邀請的人並不是我而是頗哩提大人，不過最後決定要麻煩她負責擔任逆迴十六夜的搭檔。」

「啊……嗯，確實是妥當的人選呢。畢竟釋天身邊能配合十六哥的人，大概也只有頗哩提小姐吧。上杉小姐也可以接受這種安排嗎？」

「這是吾之主神的敕命，別無他法，而且我曾經以特使身分多次前往箱庭。起碼領多少奬賞，我就照顧你們多少吧。」

雖說身為被僱用的對象，這番言論實在有點傲慢，不過依舊顯得很可靠。

鈴華整理好行李回到大廳後，一行人聚集在一起，準備打開邀請函。

「好……那麼出發吧！」

他們帶著有些興奮的情緒拆開信封。

才剛弄破邀請函的封蠟，周圍立刻被光芒籠罩——

——她們被拋向位於上空四千公尺的地方。

# 第五章

Last Embryo

——大樹與大瀑布的水上都市「Underwood」。

在太陽主權戰爭舉辦地點之一的「Underwood」裡，身為這片土地掌權者的「貓族（Cait Sith）」少年波羅羅・干達克正在為了維修精靈列車而奔走。

精靈列車的汽笛今天也響遍大樹的水上都市。

之前遭到「天之牡牛」破壞的街道已經徹底修復，還原成往日的美麗景觀。鋪著紅色磚塊的河川沿岸擠滿了前來觀賞超巨大精靈列車「Sun Thousand」號發車景象的遊客。波羅羅・干達克也和姊姊夏洛洛・干達克一起四處拜訪，向預定乘車的貴賓們致意。

「嗚啊……好累啊，還要去幾個地方打招呼？」

「只要再去一個地方，今天的主賓就告一段落。至於預定會在明天到達的貴賓有火龍『Salamandra』、蛟魔王『覆海大聖』、鵬魔王『混天大聖』……還有渡世王『酒天童子』。」

「真……真是驚人的名單呢～東洋系的陣容實在堅強。」

「是啊，或許是因為鬼姬聯盟解體並被『酒天童子』與『混天大聖』吸收，所以更有那種感覺。奪冠熱門之一的太陽同盟『Avatāra』還有以個人身分參賽的聖納・庫瑪拉（Sanat Kumāra）也屬於東洋系。」

「那麼西洋系的情況如何？」

「西洋系是以『Queen Halloween』為首……不過呢，整體來說應該有點嚴峻吧。由於『來寇之書』下落不明，似乎沒辦法召喚出凱爾特神群最強的戰士。認為北歐神群已經沒落的聲浪也相當高漲。算是有奪冠機會的共同體大概只有希臘神群的『阿爾戈號（Argo）』吧，這個共同體很厲害喔。」

「哦～這是連我也有聽說過的有名共同體耶……！是不是那個半神赫拉克勒斯（Heracles）和詩人俄爾甫斯（Orpheus）所屬的共同體？感覺很久沒聽到這名字了！」

夏洛洛拍了拍手，眼裡放出光彩。

尤其半神赫拉克勒斯是和太陽主權戰爭有直接關係的神靈。

巨蟹座與獅子座都起源於半神赫拉克勒斯的傳說「十誡考驗」裡的任務，雖然獅子座主權目前在十六夜手中，不過這兩個原本都是該由半神赫拉克勒斯持有的太陽主權。

「就是那個。順便說一下，詩人俄爾甫斯是反烏托邦戰爭的英雄，然而他最後公開現身已經是七年前的事情了。」

波羅羅一邊翻看記載賓客名單的文件，同時回答夏洛洛的問題。

這次參與主權戰爭的人物大致分為三類：

負責恩賜遊戲營運與管理的主辦者。
直接參加遊戲並互相競爭的參賽者。
支援上述恩賜遊戲參賽者的出資者。
波羅羅他們隸屬的共同體「六傷」受託管理把這些人送往舞台會場的精靈列車。能在這場著名修羅神佛冠蓋雲集的主權戰爭裡負責運送參賽人士是過望的名譽，也會讓人感受到不勝負荷的沉重壓力。可是因為緊張而一臉疲倦的年輕首領卻動著貓耳，看起來心情不錯。
「有表明身分的人大部分是主辦者和出資者。至於參賽者方面，有很多共同體都隱瞞了自己的真實身分，所以不管是誰成為黑馬都沒什好奇怪。」
「哦？看來正賽前的賭場會很熱鬧！第二代最看好的參賽者是哪裡呢？」
「妳是在問哪邊？正賽還是表演賽？」
「我兩邊都想知道！不是說就連表演賽也聚集了許多超重量級人物，讓人不覺得只是前哨戰嗎？尤其是聽說連那個有名的『護法神十二天』都會派人參賽，所以遠方也來了一大堆觀眾！」
「……噢，對啊，那位大人好像是以出場作為借款的擔保。」
波羅羅搔著腦袋，臉上出現複雜的神情。
統括天軍（Deva）的神群「護法神十二天」正如其名，是負責保衛世界秩序的最高位守護者。因此波羅羅很猶豫，不確定把他們當成展覽品的行為究竟是對是錯。

景。

然而與此同時，他其實也很想看看這些被畏懼為最強武神眾的人們戰鬥起來會是何種光景。

既然誕生於箱庭的世界，無論是誰都希望自己能挑戰一次真正的恩賜遊戲。而所謂真正的恩賜遊戲，正是指由修羅神佛製作的考驗。

平常總是只會站在測試者立場的神靈降臨於世，形成實體並存在於此。光是這樣就已經等同於奇蹟，現在甚至還能獲得親眼見識其神技的機會。就算把倫理上的問題稍微擺一邊去，想來也不成問題。

「表演賽也是參賽者和主辦者們交流的聯誼會，所以輸贏很難一概而論。不過我想應該會形成有趣的戰況。」

「說得也對，那麼正賽又如何？」

「那當然是我等敬愛的同盟共同體『No Name』最具冠軍相了。因為講到有能力對抗十六夜大爺的傢伙，大概只有『Avatāra』的主戰力吧。」

波羅羅豎直貓耳，一臉自豪地回答。

所謂的「No Name」，是逆迴十六夜所屬共同體的俗稱。

在被區分為東西南北四區的這個箱庭世界裡，「No Name」是守護東區，曾跨越無數考驗的新銳共同體。在這次的太陽主權戰爭中也被視為奪冠熱門並引起討論，為了支援他們而前來的修羅神佛並不在少數。

然而夏洛洛卻倒下貓耳，稍微歪了歪腦袋。

「『No Name』嗎……不，我覺得他們要勝利應該相當困難吧。」

「為什麼？支持同盟共同體不是理所當然嗎？」

「是那樣說沒錯啦，可是最關鍵的十六夜大爺離開箱庭就沒回來的狀況要是沒法改變，我覺得他們要贏很難喔。而且我還聽說連蕾蒂西亞大人與克洛亞大人也都下落不明。還有，你有看過奪冠熱門之一的『Avatāra』出場成員名單嗎？」

聽到夏洛洛的主張，波羅羅換上快快表情。

「……看過了，真是驚人的名單。」

「就是說呀！那個終極開掛軍團到底是怎麼回事！不分英傑還是神靈，名單上找不到任何一個我沒聽說過的名字！平均戰力居然是神域級(四位數)，真不知道他們打算毀滅世界幾次！」

由於戰力差距實在過於不合理，讓夏洛洛忍不住大吼大叫。

她提到的太陽王群「Avatāra」，正是如此強大的共同體。

和被稱頌為最強武神眾的「護法神十二天」相同，「Avatāra」也是由來自世界各地的英傑、神靈所組成的混合神群，或者也可以稱之為王群。

成員主要從印歐圈聚集而來的他們也聯絡歐洲，吸收了現身於北歐末世的巨人族。因為連佛門創始者也加入的「Avatāra」正是為了在世界的末世迎接「拯救未來的救世主」而創建的組織。

他們的戰力非比尋常，只要所有成員到齊，恐怕甚至能夠危及這個諸神的箱庭。不僅如此，據說牛魔王和中公豹等著名的魔王與英傑也提供協助。

既然連中華圈的魔王和神靈們都以主辦者身分來協助「Avatāra」，那麼他們旗下的共同體想來也會一起跟進。

「Avatāra」正可說是所向無敵，無可動搖的奪冠最大熱門。

「缺少主戰力的『No Name』到底能晉級到哪裡呢？說不定會大爆冷門地首戰出局……」

「不可能，絕對不可能會那樣——夏洛洛妳忘了嗎？十六夜大爺所屬的『No Name』裡，還有另一個人類最高位的**問題兒童**。」

波羅羅用食指彈了一下參加者名單，接著抬頭望向某面旗幟。

原來兩人聊著聊著，似乎已經到達目的地。

看到有今天最後一位主賓在等待的車廂，夏洛洛用力倒吸一口氣。

上面懸掛著一面以紅色布料製成並鑲有金邊的旗幟，圖案是一名站在希望丘陵上的少女。

這面旗幟正代表目前在箱庭中被視為英雄的共同體之一。

在這個沒有輸給「無名(No Name)」這種逆境，持續奮戰至今的共同體裡，有一個即使不曾在歷史中留名，擁有的實力也不比太陽英傑們遜色的少女。

「噢……話說起來，的確還有一個人呢。如果春日部大姊頭要參賽，說不定還有一絲機會。不過呢，這下不知道該說問題反而出在糧倉方面，還是該怎麼說才好喵！」

「真的是那樣。為了預防萬一，精靈列車的糧倉就派遣老經驗的守衛負責吧。我想就算是春日部大姊頭，只要有三毛貓出面勸導，大概就不會去襲擊糧倉……吧。」

兩人都不安地看著對方點頭。

比起共同體的前途，他們居然更擔心糧倉，這到底是什麼情況？

「我好久沒見到春日部大姊頭了，夏洛洛最後一次跟她碰面是去幫助獨角獸族群的時候吧？」

「嗚哦哦，別在我面前提那件事，你姊姊我啊可是差點賠上一條命！最近大姊頭率性行動起來真的比十六夜大爺還要——嗯？」

在這個時候，「Underwood」上空出現光芒。

波羅羅和夏洛洛抬頭望向高空，不經意地喃喃說道。

「召喚光……是『境界門(Astral Gate)』開了？」

「最近經常這樣呢，是不是遊戲的參賽者？」

空中有好幾層緩衝用的水膜，可以看到不只一個人影撞破水膜往下掉。

其中之一是他們曾經見過的波霸。

「哎呀？那個金髮波霸女孩難道是？」

夏洛洛的貓眼閃過光芒，她仔細凝視正在落下的人影。

嘩啦！……人影造成比精靈列車汽笛聲更誇張的落水聲和水柱，甚至足以掩蓋城鎮中的喧囂。

在岸邊遊客的一片騷動中，掉進河裡的人物——久藤彩鳥戰戰兢兢地爬上岸。頭髮也被河水整個浸濕的她首先開口關心身旁的彩里鈴華。

「妳……妳還好嗎，鈴華？」

「……嗯，因為這次有撞上好幾層像是網子的水膜，不過撞起來相當痛。話說回來，箱庭世界裡難道有一定要把人召喚到四千公尺高空的法律嗎？」

當然沒有。

大概是女王個人的嗜好，或者是一種所謂的形式之美吧。

和上次不同，多虧這次有緩衝的恩惠發揮強大效果，所以沒有受傷。但是如果每次都必須面對這種召喚方法，實在是對心臟有害。

全身濕透的鈴華似乎很冷地開始發抖。

「好……好冷……！總之，我想先找個地方取暖！」

「說……說得也對！以這副模樣在街上到處徘徊是欠缺常識的行為！我們先前往精靈列車那邊吧，學長！」

彩鳥甩著反射出光彩的溼透金髮，把身子轉向後方。

然而她背後卻沒有任何人。

「……學長？釋天先生？」

「咦？怎麼只有我們兩個？」

兩人都開始回想被召喚時的狀況。

她們是在西鄉焰打開邀請函的那一瞬間被召喚到箱庭。

──然而，說不定被召喚前來的人**只有她們兩個**。

彩鳥的臉色立刻變得煞白。

「難道是……有人介入了女王的召喚……？」

「喂～那邊的金髮波霸女孩跟平胸妹妹！歡迎來到箱庭～！」

「比預定還早呢，是因為被催著還錢嗎？」

用力揮手搖尾的夏洛洛用跑的靠近，臉上掛著諷刺笑容的波羅羅則是慢慢走了過來。彩鳥和鈴華立刻回頭，重複那個讓人不安的關鍵字作為反問。

「……還錢？」

「咦？那是什麼？怎麼回事？」

看到彩鳥和鈴華都一臉蒼白，波羅羅和夏洛洛意外地面面相覷。

「妳們沒有先看過邀請函的內容嗎？」

「哎呀呀，真奇怪。應該有獲得女王的許可啊，妳們沒聽說？」

「嗚！又是那位動的手腳嗎……！」

彩鳥狠狠咬牙，抬眼瞪向大樹。

司掌太陽萬聖節的女王「萬聖節女王」是負責管理星之境界線的星靈，世上沒有任何人能干涉她的境界操作。在彩鳥這邊和焰那邊被分開的那一刻起，就能確定這場惡作劇肯定又是女王插手的結果。

「那麼，女王目前在什麼地方？『Underwood』？還是精靈列車？不對，更重要的是學長他們去哪裡了？」

「妳……妳先冷靜一下，波霸女孩。」

「焰他們應該是被帶去參加在精靈列車內舉辦的表演賽……不過如果妳們手上沒有邀請函，事情可就難辦了。所有觀眾席已經都銷售一空，想要進入現在的精靈列車，除非去找被邀請的貴賓求救，否則很難見到參加者。」

「是……是這樣嗎？」

「嗯，妳們要看看宣傳小冊子嗎？」

波羅羅拿出精靈列車的宣傳小冊子，於是彩鳥和鈴華都探頭看向裡面的圖解。

超巨大精靈列車「Sun Thousand」也是負責把太陽主權戰爭的參賽者運送到舞台的營運總部。車內空間大略可分類為異界舞台車廂、參加者居住車廂、以及特別貴賓車廂等三種，除此之外的車廂則是作為娛樂設施以及營運用空間。

可以比喻為鋼鐵堡壘的這輛精靈列車是全長兩百公尺的巨大人造物，也難怪阿斯特里歐斯在第一次看到精靈列車時會誤以為這是移動式堡壘。

只要使用於軍事方面，用途的確會多到無法估量。

沿著靈脈（Ley line）行駛的精靈列車不會受到物質界的概念束縛，據說連海底和地下水脈也可以繼續前進。

說好聽一點是豪華列車之旅，但很明顯這已經是用牛刀殺雞的等級。

鈴華看過圖解後，稍微倒吸一口氣。

「嗚啊……好厲害啊，原來這是可以越過大海的列車。不過目的應該是要開往哪個地方吧？」

「預定當然是要跑遍箱庭各處啦！不管是地底火山還是消失在海裡的大陸或者是月界的神殿，只要接到委託就能前往任何地方正是精靈列車的有利之處！」

波羅羅語氣激動地炫耀列車。看樣子對他來說，精靈列車是投注了特別情感的對象。而且如果要把參賽者送往太陽主權戰爭的舞台會場，這也是不可或缺的恩賜。

彩鳥迅速記住列車的圖解，然後確認時刻表。

「出發時刻是正午……！不妙，已經沒多少時間了！」

「偷……偷偷溜上去如何？只要利用我的空間轉移，我們馬上可以進去。」

聽到鈴華的提議，彩鳥兩手一拍。

「對喔，還有這個辦法……！」

「喂喂喂，拜託妳們別在負責人面前討論如何偷渡好嗎？再怎麼樣我都無法睜一隻眼閉一隻眼。倒是妳們有沒有認識的貴賓？或是可以去拜託女王。」

「沒有用，我不認為那個人會在如此有趣的狀況下伸出援手……」

「那麼去找身為執事長的斯卡哈求助呢？」

「這什麼愚蠢的提議，難道是要我去死嗎？」

這話說得難聽，不過也是事實。

如果兩人已經竭盡全力最後才開口求救，那麼她的老師斯卡哈應該會欣然提供協助。然而反過來說，意思是沒有使出全力的失敗無法獲得她的原諒。若是這種程度的小事就去麻煩斯卡哈出手，毫無疑問收到的回應會是刀槍劍戟箭矢拳頭。

然而再這樣下去，萬一發生沒趕上精靈列車所以無法參加開幕式的狀況，屆時真的只能等待來自地獄的判決。

一旦演變成那樣，別說是焰等人的安危，連彩鳥和鈴華也會落入很艱苦的立場。

所以最糟的情況，可能只剩下不惜把波羅羅和夏洛洛挾持為人質也要潛入列車的辦法——

當這種危險的想法從彩鳥腦中閃過的瞬間……

貴賓車廂的窗口傳來少女的聲音。

「——咦？是不是有發出懷念**氣味**的人在外面？」

聽到這聲音，四人同時把視線朝向貴賓車廂的窗戶。

原本只開了一條縫的窗戶被人整個打開。

帶起一陣含有微微甜香的風。

貴賓室的主人大概是想在列車出發前先通個風換換氣吧。窗邊雖然放著香爐，但是對她來說似乎反而是一種累贅。

詩云春眠不覺曉。看來少女敗給和煦的陽光與河邊的新鮮微風，先前是在午睡。

就像是剛睡醒的小動物那般，她帶著不解表情從窗口探出頭，以柔和的態度看著四人。

彩鳥一見到這名少女，立刻用力倒吸一口氣。

「……嗚……！」

從貴賓車廂裡探出頭來的人，是個年約十六七歲的可愛少女。

稍微留長到鎖骨附近的髮型讓她看起來比較成熟，卻無法掩飾稚氣的五官。看她服裝儀容也相當整齊的模樣，想來是貴賓之一。

貓耳依舊貼在頭上的夏洛洛露出生硬笑容，開口向少女打起招呼：

「好……好……好久不見了！春日部耀大姊頭！」

「嗯，好久不見，夏洛洛。有半年了吧？」

被喚作春日部耀的少女揮著手輕輕一笑。

鈴華偷偷靠近波羅羅，詢問少女的來歷。

「我說，波羅羅小弟。這個像小動物的可愛姊姊和你們認識？」

「嗯。她是我們共同體所屬同盟的盟主，也是十六夜大爺所屬的『No Name』的首領。」

「十六哥的？糟了，明明是照顧十六哥的人，我卻沒帶任何伴手禮！」

搞砸啦！鈴華拍打自己的額頭。雖然大驚小怪卻也很講究規矩，這正是她的優點吧。

春日部耀看著貴賓車廂外面東張西望了一番，似乎很意外地歪了歪頭。

「……咦？我還以為是飛鳥回來了……只有波羅羅和夏洛洛？」

「嗯。今天我們前往各處致意，最後就是來春日部大姊頭妳這邊。」

「是嗎，畢竟馬上就要出發了。那邊的兩人又是？」

「是十六夜大爺的義妹和她的朋友，妳沒聽他說過嗎？」

春日部耀似乎有點驚訝，把注意力放到兩人身上。

「……十六夜的義妹？所以那邊的日系女孩就是鈴華？」

「咦？啊，是的！我是彩里鈴華！我們家的哥哥在異世界承蒙您照顧！很抱歉今天兩手空空！下次會帶著伴手禮來致意！」

「咦？啊……嗯，我叫春日部耀，受照顧的其實是我這邊……還有伴手禮希望可以是日式點心，我會非常高興。」

突然被介紹到讓彩里鈴華吃了一驚趕緊站直，意外有禮的問候則讓春日部耀嚇了一跳。大概是因為鈴華如此規矩的表現和十六夜的描述並不一致，她才會這麼驚訝。

春日部耀壓住被風吹起的頭髮，把視線轉向彩鳥。

「那麼，另一個像歐洲人的金髮女孩是？」

「…………」

雖然這次換久藤彩鳥被問到姓名，她卻沒有回答繼續僵在原地。而且還睜大雙眼說不出話，彷彿看到難以置信的東西。儘管無法確定是什麼導致她困惑至此，但是和人初次見面卻擺出這種態度未免不合禮儀。

鈴華用手肘頂了頂彩鳥，低聲指責她的反應。

「小彩，妳要好好打招呼呀。就算彼此年齡差不多，禮儀還是很重要喔！」

「……咦？啊……是！失禮了！我剛剛有點驚慌……」

聽到這句話，鈴華不解地歪了歪腦袋。她也覺得春日部耀確實是個可愛少女，然而彩鳥在這方面應該毫不遜色。或是除了外表，還有其他什麼地方讓彩鳥覺得很不對勁？

彩鳥正準備重新自我介紹，這時卻傳來精靈列車的汽笛聲。

因為汽笛聲而跳了起來的波羅羅用力拍了拍手，像是突然想到什麼。

「噢，對了！這也是難得有緣，可不可以讓這兩人躲在大姊頭妳的貴賓車廂裡？她們好像是被女王的惡作劇波及，兩個人手上都沒有邀請函。」

「可以啊。但是入口很遠，要直接從窗戶進來嗎？」

「啊！請讓我們從窗戶進去！」

嗯？彩鳥感到有些不解。鈴華不是可以用空間跳躍進入車廂嗎——她正想開口發問，波羅羅卻把宣傳小冊子遞了過來然後準備離開。

「舉行表演賽的地點是和這裡隔著七節車廂的異界舞台車廂。在貴賓車廂中移動可能有點危險，總之妳們加油吧。」

「咦？」

「什麼？」

彩鳥和鈴華同時反應。居然說光是經過貴賓車廂就會有危險，這到底是怎麼一回事？然而波羅羅和夏洛洛卻迅速跑走，趕往工作人員用的車廂。

精靈列車鳴響第二次的汽笛。

「哎呀！我們動作得快點才行！總之向那位姊姊說明情況，然後和焰他們會合吧！」

「也……也對！這是目前的最優先事項！」

兩人回想起第三次鳴笛就是發車通知，決定先保留疑問，跳進春日部耀的貴賓車廂。

＊

另一方面，同一時刻──「精靈列車 Sun Thousand」號，異界舞台車廂。

西鄉焰一邊閱讀邀請函的內容，同時以顫抖的聲音向站在旁邊的御門釋天提問：

「……喂，屎天。」

「怎樣？」

「你給我老實回答——你早就知道會演變成這種情況吧？」

對於西鄉焰的質問，御門釋天行使了緘默權。

而他的身邊，則是愣愣站著彷彿丟了魂的上杉女士。

他們三人——目前正身處精靈列車內部的特設鬥技場中心，承受明亮的燈光以及觀眾的歡呼聲。負責擔任司儀的黑兔確認被召喚到舞台上的三人後，伸長兔耳高聲宣布：

「不好意思讓各位久等了！接下來要向各位介紹參加這次太陽主權戰爭的表演賽！模擬主權爭奪戰的出場選手！」

哦哦哦哦哦哦哦哦哦哦哦！現場響起甚至讓精靈列車也跟著晃動的驚人歡呼聲。由於恩賜遊戲也具備娛樂表演的一面，因此招攬觀眾是可以接受的行為。嗯，還算可以接受。

問題是被帶來成為參賽者的西鄉焰和上杉女士事前並沒有接獲任何通知。焰原本以為會跟上次一樣被丟進高空裡，結果這個預測完全落空。一開始他懷疑是女王動的手腳，然而根據這封邀請函的內容，元凶並非只有她一個。

西鄉焰再度把視線往下放到手中的邀請函上。

「——太陽主權戰爭　第一回表演賽——

・遊戲概要：

①擊退出現的眾多怪物，打倒與太陽遊戲有關的怪物（可以自行攜入）。
②表演賽每日舉辦一次，總共二十四次。
③本表演賽有時間限制。如果參賽者無法在一刻以內破解，比賽將順延至次日。
④只要太陽主權戰爭的正賽仍在進行，本表演賽也會反復舉辦多次。
・勝利條件：連日舉行遊戲，合計打倒十二隻怪物的隊伍將成為第一回表演賽的優勝者。
・獎勵條款：每一隻怪物將被授予一個獎賞。優勝者在參加正賽時，可以獲得僅限一次的有利情勢。
・參加條件：任何人都可以自由參加，歡迎臨時加入戰局。
・強制參加：負債者必須組成一支隊伍參賽，並透過本恩賜遊戲來償還欠款。
宣誓：基於榮耀與旗幟，在此發誓會遵守以上規則主辦遊戲。

『太陽主權戰爭營運委員會』印」

——捏爛！

「上！面！寫！著！負！債……！不管重看多少次，因為負債所以強制參加的名額都是在指我們吧！為什麼我會欠錢啊！而且還是在異世界欠錢！」

「等一下，你冷靜點，焰。我們先溝通一下，這是有著很深刻的理由……」

「沒必要聽你解釋。給我讓開，西鄉焰！雖然先前被你用那種有點感人的說詞給糊弄過去，但是這次不用再辯解了！你這個廢神！就由我代替吾之主神替你介錯！」（註：介錯是指進行切腹時，負責砍下切腹者頭顱以減輕對方痛苦的行為）

上杉女士取出愛刀，不由分說地把刀鞘往旁邊一丟。

聽到這立即斷言的有罪判決，釋天也不由得有些焦急。

「所以說先等一下！別人講話妳有沒有在聽啊！這個四肢發達頭腦簡單的傢伙！邀請函上寫了什麼？」

「負債者強制參加！欠款要用報酬償還！」

「好，Guilty！」

宣布行刑的同時，現場也閃出劍光。面對剎那間就出招七次的必殺劍擊，御門釋天連續驚險閃過。所謂廢神講道根本無須聆聽就是指這種情況吧。

這突然出現的戰鬥場面雖然讓觀眾們大聲叫好，然而身為司儀的黑兔卻完全不能接受。她跳下舞台，動著兔耳驚訝大叫：

「各……各位請先停手！怎麼能在遊戲開始前就鬧起內鬨呢！負債者隊是四個人共同組成的隊伍！各位至少要打倒一隻怪物，否則欠款將會增加……」

「這什麼黑心遊戲！你這混蛋到底是借了多少錢！」

「不……不是啦！冷靜！算我拜託你們冷靜下來好嗎！借錢的人不是我！這次只是被在**那邊**閉著嘴裝死的第四個人把負債轉嫁到我身上而已！」

……第四個人？焰和上杉女士都疑惑地反問。

話說起來，黑兔剛剛提過「四個人共同組成的隊伍」。如果負債者名額共有四名，算起來還有另一個人——

「——很抱歉，可以請你們先放開**吾父**嗎？」

沉靜的說話聲傳進兩人耳中。

焰和上杉女士一起因為不同原因而大吃一驚。

「你說……吾父？咦？**這玩意兒**？你是指**這玩意兒**？」

「是的，我是指**那玩意兒**。**那玩意兒**就是我的父親。」

藍髮少年露出更苦澀的表情，伸手指向釋天。

西鄉焰先是看著他指出的人物發出驚嘆，接著激動大吼：

「釋……釋天的小孩？原來你結婚了？」

「等……等一下！你真的該冷靜一點，焰！」

「這說法有誤，那邊的吵鬧少年。為了避免誤解，我要說明我的母親和父親並沒有婚姻關係，我母親的丈夫另有其人。」

「而且還是跟外遇對象生的兒子！」

「不是啦！雖然被這樣誤會也是沒辦法的事情不過真的不是那樣！啊啊夠了！阿周那你只會越描越黑，先給我閉上嘴就對了！」

御門釋天才剛講出這個名字——異界舞台車廂的觀眾席就陸續傳出感到困惑的聲音。

站在旁邊的上杉女士也看著這名自稱是釋天兒子的少年，臉上滿是訝異神色。

因為這名少年——阿周那就是令人難以置信到如此程度的人物。

宛如雷光的藍色頭髮，讓人聯想到波息浪靜大海的沉穩眼眸，從站姿就能感受到的高貴出身還散發出一種王侯貴族般的氣質。

至於握在他手中的神弓，毫無疑問蘊藏著足以屠殺萬軍的力量。

「你說阿周那……？」

——身為印度神群的史詩《摩訶婆羅多》之中心人物的大英傑。

被賜予眾多的恩惠，在當時的世代甚至登上最強戰士階級（剎帝利）的男子。

神王因陀羅的嫡子，阿周那王子本人——正帶著非常尷尬的表情，靜靜凝視兩人的面孔。

# 幕間

Last Embryo

——「精靈列車 Sun Thousand」號，異界舞台車廂。

神域出身者專用休息室。

燦爛的燭光燈照亮這節最高級的異界車廂。

透過飄蕩在燭光燈中的微精靈們，香爐飄出的煙霧充滿車廂的每一個角落。這種煙霧繚繞的景象與其說是神域中的桃源鄉，反而更醞釀出一種彷彿有蛇蠍盤據的妖豔氛圍。

從紅色香爐冉冉升起的煙霧並非只是要讓人享受薰香，也是為了掩飾鄰人的真實身分。在這個聚集修羅神佛的諸神箱庭裡，基於立場問題而不能見到彼此的人物可說是多不勝數，更何況此地還是爭奪太陽主權的遊樂場之中樞。

也是那些將恩惠賜給英雄英傑，讓他們互相競爭的主辦者和出資者們共聚一堂的場所。

在宛如夢境又彷彿現實的精靈列車一隅，女王「萬聖節女王」以及她的執事長斯卡哈正在靜靜享受紅茶。

「好像要開始了，女王。」

「看來是那樣。」

「不過把他們和彩鳥那邊分開真的好嗎？我認為那孩子也該多打點實戰以找回過去的直覺。」

放在休息室中心的遠望水晶顯示出被召喚到舞台車廂的西鄉焰等人，但是並沒有看到彩鳥她們的身影。

女王把送到唇邊的茶杯放回桌上，把視線轉往貴賓車廂的方向。

「沒有問題，因為那些孩子有應該先見上一面的人物。」

「應該先見上一面的人物？您難道是指春日部耀？」

「沒錯。和『生命目錄(Genom Tree)』的持有者盡早接觸並不會有什麼損失，她又是奪冠熱門人選之一……更何況這個人和焰以及彩鳥都不算是完全沒有關係。」

「原來如此，未被告知相關內情的我無法發表任何意見，就相信女王您的安排吧——啊，開始了。」

斯卡哈剛抬起頭，就響起宣布遊戲開始的銅鑼聲。

然而女王完全沒有看向遠望水晶，而是品嚐起紅茶，享受芳香。大概是因為她對焰等人的勝敗沒有興趣。這充其量只是表演賽，想必幾乎不會有人發揮出真正本領。

相較之下，斯卡哈則是認真地觀看遠望水晶。

異界舞台車廂中陸續出現長有青銅羽翼的怪鳥，開始襲擊身為參賽者的焰和釋天等人。

在水晶照出的影像中，焰忍不住開口大吼：

「這是怎樣……喂！釋天！你給我負起責任想辦法解決啊！」

「我知道！上杉，怪鳥麻煩妳了！我會找出破解遊戲的必要對象！」

「我拒絕。」

「好……咦！」

「我沒義務陪你還債。西鄉焰這邊我會幫忙護著他，但遊戲由你自己破解。無論你弱化多少，這種程度的敵人也只是烏合之眾吧。」

上杉女士哼了一聲，把臉轉開。

御門釋天只能抱著腦袋，滿心無奈地往前踏了一步。

「夠了，也沒辦法……！那麼焰，由你負責找出目標對象！」

「啥？叫我找？怎麼找啊？」

「只要使用你的『千之魔術』(Proto Idea)，應該能夠立刻判明！——敵人來了！」

御門釋天拿出金剛杵，面對擁有青銅羽翼的怪鳥——希臘神群的怪鳥斯廷法利斯。

這種怪鳥的著名特色是會吐出猛毒之霧，然而牠們並沒有表現出要那樣做的跡象。畢竟只是表演賽，看來對方不打算以命相搏。

既然如此，那麼我方也配合吧……這樣想的御門釋天讓金剛杵伸長，變化成一把長柄的槍。

如果只是普通的攻擊，恐怕會被堅硬的青銅羽翼彈回──然而御門釋天卻毫不在意地使用槍柄部分把怪鳥的頭部往下打。

「GYa！」

隨著慘叫聲，青銅羽毛發出刺耳聲響被打扁扭曲。這是沒有任何技巧只靠蠻力的粗魯攻擊，然而卻意外有效。由於受到青銅羽毛的保護，斯廷法利斯的肉身並沒有進化成能承受強烈衝擊的構造。

御門釋天繼續使用化為長柄槍的金剛杵，把怪鳥一隻隻掃倒。

另一方面，阿周那也默默舉起神弓，接連不斷地以閃電箭矢貫穿怪鳥。

看到阿周那這種不斷放出雷擊，以最低限的動作來解決怪鳥的表現，斯卡哈判斷他只展示出不到一成的實力。

（嗯～果然成了一場手下留情的比賽嗎？畢竟靠這種水準的怪鳥，實在無法測試出印度神群的神之子有多少實力。）

阿周那以簡單的動作將怪鳥一一射下。

怪鳥斯廷法利斯原本並不是可以像這樣輕鬆打發的對手。

這種怪鳥隸屬於希臘神群，也是軍神阿瑞斯(Ares)的眷屬，追溯起源頭，祖先是近似神鳥的幻獸。

一旦用出殺手鐗的猛毒之霧，就算是半人半神的阿周那恐怕也無法隨手解決牠們。

怪鳥們無意動用殺手鐧的原因，大概有考慮到這是表演賽吧。

（總之不管怎麼樣，要牠們封住毒霧是正確決定。如果這不是遊戲而是死鬥，怪鳥根本不可能對抗這對軍神父子。）

帝釋天的靈格雖然削弱，卻沒有生疏到難以對付怪鳥的地步。

阿周那也是一樣。看來他剛從長眠中醒來還在調整，不過卻沒有把怪鳥視為問題，能夠輕鬆因應。

只要他們認真起來，怪鳥們轉瞬之間就會遭到驅逐。

受到閃電攻擊，怪鳥接二連三倒下。

如此一來，觀眾的興趣都集中在破關方法上。

怪鳥斯廷法利斯是和太陽主權無關的怪物，不管打倒多少數量都無法破解遊戲。真正的目標應該潛伏於水晶沒顯示出的某處。

如果認為這場表演賽只是某種宣傳也沒認真當作一回事，最後恐怕會嚐到苦頭。

（這場模擬太陽主權的遊戲並不是只要打倒怪物就好，我推測這是欠缺太陽主權相關知識就無法破解的遊戲。）

斯卡哈雙臂環胸，心情愉快地開始思考。

這時，煙霧簾幕的另一頭傳來活潑少女激動喊叫的聲音。

「這……好嗆人啊！這些煙好嗆人！牛魔王！這節車廂也太多煙了吧！」

「妳該了解一下什麼叫風情，俱利摩。就是這種煙霧繚繞的感覺才好。」

「身為美少女型龍的小俱我完全無法理解這種風情！還有這裡是哪裡？沒有人出來迎接我們嗎？我是因為白夜叉找我才特地前來，這種待遇實在太過分了！再這樣下去，我會很想跟以前某一天那樣再把毒吐出來！」

好嗆啊好嗆啊——少女的聲音聽起來快要哭了。原本是為了阻隔彼此的個人情報才設置了這些煙霧簾幕，如此一來根本毫無意義。斯卡哈立刻察覺在附近的人是誰，然而她卻在心中決定要刻意無視對方，又把視線放回觀戰用的水晶上。

然而下一瞬間——原本在旁邊享受紅茶的女王卻突然把杯子放回桌上，還很沒氣質地造成明顯聲響。

「……白夜叉？那傢伙已經來了？」

「咦？嗯，沒錯，畢竟她是上一屆太陽主權戰爭的優勝者。我想前往營運總部車廂的話就能見到——」

「這種事情妳應該早點報告。」

女王甩著閃爍出光彩的黃金長髮，從座位上站了起來。除了享受紅茶時，平常總是以倦怠態度旁觀一切事物的女王現在居然如此著急地起身。

斯卡哈驚訝得微微瞪大雙眼。

在她開口之前，女王搶先發言。

「斯卡哈，我要妳以執事長的身分前往彩鳥她們身邊。因為從貴賓車廂這邊過去，應該很快就能在舞台車廂會合。」

「我這邊是沒有問題，不過女王您呢？」

「我要去玩一下白夜叉。」

那我走了……女王只留下聲音，身影消失無蹤。

斯卡哈愣愣地目送女王離去。

被稱為白夜王並受到眾人畏懼的白夜叉——是上一次舉辦於太古時代的太陽主權戰爭之優勝者，能夠與其會面的人物相當有限。

畢竟對方是司掌太陽運行的物質界最高位星靈。即使同樣身為太陽星靈，她這個魔王和負責掌管星之境界的女王卻是各自身處對角線的兩端。

居然特地去見可以算是自身天敵的對手，難得看到女王對遊戲如此積極。不過，也有可能是因為她另有什麼其他目的。

無論是基於何種理由……想到這邊，斯卡哈掩著嘴角露出愉快笑容。

（白夜王和女王……這兩個人的感情很好呢。）

知道女王也有朋友，讓斯卡哈稍微放心地呼了口氣。畢竟女王擁有**那種**性格，再加上過於龐大的靈格激起恐懼，缺乏力量的人們根本不會大意靠近。

然而對象如果是白夜王，就沒有這樣的問題。

女王有時候會沒消沒息地從城裡消失，倘若她那種行為其實是去拜訪朋友，真讓人忍不住有點莞爾。

（這場遊戲的時間限制應該是三十分鐘吧？看目前的情況，應該會順延到明天。算了，他們似乎完全沒有準備，今天就從寬對待吧。）

為了迎接彩鳥等人，斯卡哈邁開步伐。

隨後，宣告遊戲結束的銅鑼聲立即響起。

# 第六章

Last Embryo

御門釋天擊落第三十隻怪鳥，而後輕輕咂嘴。

（……實在沒完沒了。）

他舉著金剛杵觀察周遭。

正常來說，這種程度的對手根本不必動用金剛杵並招來雷電。就算牠們是神話中的怪物，面對軍神帝釋天根本**沒有機會形成對等戰況**。

換成阿周那也是一樣。

保留實力的兩人接二連三解決眼前怪物。

然而這不是比賽的原本目的。

用金剛杵長柄把怪鳥橫打出去的釋天和阿周那背對背站在舞台上。

「我說啊……這可是遊戲耶，你該表現出更開心一點的樣子，笨兒子。」

「……您說笑了。雖說只是遊戲，但我並沒有好戰到可以享受戰鬥。」

「我不是那個意思。要知道這場遊戲也是一種娛樂表演，沒讓觀眾娛樂到怎麼行？這種種態度會導致沒辦法還債，要知道這可是你欠下的債喔。」

「嗚……那種事情……我自己也很清楚！」

阿周那似乎有點煩躁地用力拉開弓，衝動地射出箭矢。看他平常溫文爾雅的模樣，這真是讓人無法想像的舉動。不過考慮到這次事件的發端，倒也情有可原。

在這少年——阿周那所屬的印度神群中，實際存在著名為種姓制度的階級社會體系。

執行儀式的神聖祭司，僧侶階級(婆羅門)。

貴族和戰士所屬的戰士階級(剎帝利)。

意指一般市民的市民階級(吠舍)。

奴隸以及被迫負責農業等工作的勞動階級(首陀羅)。

阿周那誕生於由這種階級制度把持的時代，以第二階序「剎帝利」的身分在歷史上留名。

雖然戰士階級擁有參與政治活動和指揮戰事的權利，的確是天生受惠的階序——然而在這個受到恩賜遊戲支配的箱庭世界裡，他們卻遭到一種致命性的制約束縛。

那就是「如果有人找自己挑戰擲骰子賭博(Game)，**絕對不可以拒絕**」。

御門釋天重重嘆口氣，挖苦般地笑了。

「真是……從『Avatāra』的間諜那邊聽說這個消息時，我甚至懷疑起自己的耳朵。你居然欠下『Thousand Eyes』發行的**金幣二十萬枚**？到底是慘敗多少次才能累積出這麼高的負債額？連我的最高紀錄也不過金幣十九萬枚耶。」

「講這種話的您跟我也沒太大差別吧！」

阿周那忍不住回過頭大叫。這時不要吐嘈他們只是五十步笑百步才是比較好的選擇吧。

不過該說兩人不愧是父子嗎？還是該有個第三者出面去痛罵他們一頓呢？在遠處聽到這番對話的上杉女士因為這超乎想像的金額而忍不住抱住腦袋。

「兩……兩人合起來是金幣三十九萬枚……！這對白痴父子到底是怎麼輸的才能敗掉那麼多錢！」

「不，釋天剛剛申報的只不過是最高紀錄，我看他生涯累計的負債總額恐怕高達百倍。」

焰把手搭在下巴上，敏銳地指出重點。看釋天立刻把視線轉開的反應，想來即使不中亦不遠矣。

不過雖說只是擲骰子賭博，實際上卻不可小看。

從西元前八世紀就已經存在於古代亞述帝國的這個遊戲形式也被用於祭典儀式，是一種有時甚至能推翻審判最終判決的嚴正遊戲。

過去曾出現過把自身領土賭在骰子數字上的貴族，也有以自己整個王國為賭注的國王。

可以和古埃及的桌遊「塞尼特（Senet）」，以及曾在古羅馬廣泛流傳的桌遊「直棋（Nine Men's Morris）」等並列的古老遊戲之一，就是這個擲骰子賭博。

然而不管怎麼說，現狀依舊是上杉女士無法理解的境地。

這段糗事全被攤在陽光下的阿周那以非常歉疚的表情看向焰。

「……抱歉，外界的少年。我原本應該是參加和上屆優勝者賭上太陽主權的遊戲，似乎卻在不知不覺之間被換成以金錢為賭注的遊戲。在我因為不能讓同志也一起背債卻無計可施只能不知所措時，吾父提出他願意代我償還的提議……但我完全沒想到他居然會把這筆債轉嫁到憑外界參賽者資格出場的你們身上。」

「我也沒想到啊！異世界旅行生活的第一步居然是欠了一屁股債！真的是根本沒有想到！連想像都沒有想像過！」

抱歉……阿周那垂下肩膀。

然而聽完這些話的上杉女士卻挑起一邊眉毛，像是總算察覺到什麼事情。

（……原來如此，這是和傳說一樣利用擲骰子賭博來擊敗阿周那，讓他可以暫時脫離「Avatāra」，然後交給焰照顧嗎？以釋天來說，或許算是一步好棋。）

在印度神話中也有一段傳說，敘述阿周那和他的兄弟們曾經因為輸掉這種無法拒絕的擲骰子賭博，最後一起被國家長期流放。所以釋天才會判斷如果對象是個性光明正大的阿周那，就可以和過去一樣以敗北為由，暫時把他和「Avatāra」隔離開來。

「既然是這麼回事，倒也情有可原……好，詳細狀況等之後再問吧。是說西鄉焰，你有辦法解開謎題了嗎？不對，我該先問你具備太陽主權的相關知識嗎？」

「基本上有先預習過，因為我很擅長這種事。」

「是嗎，那麼我們該怎麼辦？」

在上杉女士的護衛下，西鄉焰把視線轉往寫在羊皮紙上的恩賜遊戲內容。上杉女士也雙手抱胸擺出氣勢萬千的站姿，看向站在自己後方的焰。

雖然她先前一副徹底拒絕的態度，但是看樣子並沒有完全捨棄釋天。焰打開以前使用過的世界傳說雜學百科，然後找上杉女士確認自己的推測。

「首先是大前提。要破解這個遊戲，第一步必須先推理所謂的怪物是指什麼，對吧？」

「嗯。因為文件上只寫了怪物，但是這個箱庭裡能被稱作怪物的東西多如牛毛。碰上不是寫出**名稱**而是只寫**總稱**的狀況，首先一定要先推理出怪物的個體名稱。」

要推理出怪物的個體名稱。

基於這個大前提，焰再次把視線放到恩賜遊戲的文件上。

「——太陽主權戰爭　第一回表演賽——

・遊戲概要：

①擊退出現的眾多怪物，打倒與太陽遊戲有關的怪物（可以自行攜入）。

②表演賽每日舉辦一次，總共二十四次。

③本表演賽有時間限制。如果參賽者無法在一刻以內破解，比賽將順延至次日。

④只要太陽主權戰爭的正賽仍在進行，本表演賽也會反復舉辦多次。

・勝利條件：連日舉行遊戲，合計打倒十二隻怪物的隊伍將成為第一回表演賽的優勝者。

獎勵條款：每一隻怪物將被授予一個獎賞。優勝者在參加正賽時，可以獲得僅限一次的有利情勢。

參加條件：任何人都可以自由參加，歡迎臨時加入戰局。

強制參加：負債者必須組成一支隊伍參賽，並透過本恩賜遊戲來償還欠款。

宣誓：基於榮耀與旗幟，在此發誓會遵守以上規則主辦遊戲。

『太陽主權戰爭營運委員會』印」

「既然有提到會連日舉行，意思是這遊戲每天都會有變化嗎？」

「應該是。總之你先無視釋天的負債，把破解遊戲當成目標就好。既然破解這場遊戲會給正賽帶來優勢，那就更應該努力破解。」

沒錯，這是得最先留意的部分。

如果這場表演賽只是為了幫釋天還債，兩人肯定早就已經撒手不管了。然而這遊戲清楚寫出的獎勵卻讓他們無法置之不理。

「優勝者在參加正賽時可以獲得僅限一次的有利情勢嗎？雖說沒有寫出具體內容，不過這不能當作沒看到。等到被其他共同體搶走時才來後悔可就太晚了。」

「正是如此——總之我這次會助你一臂之力，你試著放手去做吧。」

聽到上杉女士這可靠的發言，焰點點頭回應。

接著他攤開和邀請函一起送來的宣傳小冊子。

「這是太陽主權戰爭的模擬戰，我想當然會出現和太陽主權有關聯的怪物。可是這些青銅怪鳥和太陽主權沒有關係吧？」

「你是指斯廷法利斯嗎？……不，應該不能完全認定牠們和太陽主權無關。我記得這怪鳥是在半神赫拉克勒斯經歷過的『十誡考驗』裡出現的怪物吧？」

「十？不是十二個考驗嗎？」

「那是正式名稱。我不清楚詳情，但這傳說的內容是不是在十二次考驗中有通過十次就可以了？」

上杉女士稍微歪歪腦袋，用手背把來襲的怪鳥打飛。被她打飛出去的怪鳥撞進觀眾席裡，身上的青銅羽毛紛紛變形。

造成的激烈撞擊與其比喻成被箭矢射中，反而更像是受到砲彈轟炸。觀眾們發出慘叫逃了出去。

看到這種光景，焰張望四周，像是突然在意起什麼事情。

「話說起來，沒感覺到可能有其他參賽者介入的跡象呢。是對獎賞並不感興趣嗎？還是不想提早亮出底牌呢？」

「後者很有可能，不會有哪個參賽者想在正賽前展示實力——只是這情況確實有點奇怪。

能在正賽中獲得有利情勢的獎勵應該很有魅力，多少有幾個人出手才比較正常……」

聽到焰的提問，上杉女士看向觀眾席。

就在這時，位於車廂連接處的入口響起彩里鈴華的聲音。

「我……我還以為會死掉……！是說那些怪物到底是什麼呀！這裡真的是在列車裡嗎！」

「基……基本上是在車裡沒錯。不知道是不是因為發車後潛入地脈，這裡的空氣比一般的魔境還混濁………」

看來氣喘吁吁的鈴華和彩鳥是通過貴賓車廂，好不容易才來到異界舞台車廂。她們踏進車廂時，舞台正受到狂熱的歡呼聲包圍。

兩人進入觀眾席，剛好有薄薄的青銅羽毛從上方緩緩飛舞而下。

舞台上的焰移動到比較靠近她們的地方，開口大叫：

「鈴華！彩鳥！妳們平安無事嗎！」

聽到焰的呼喚，兩人同時把視線轉了過來。

彩鳥尚未完全掌握目前事態，卻發現待在舞台中心的人其實是焰他們，於是從觀眾席探出身子大聲回應。

「學長，那是我們要說的話啊！你們為什麼會在舞台上？」

「總之兄弟(Brother)你沒事就好！我現在就過去那邊……」

「不，妳先跟我說明剛剛的發言是什麼意思！其他的車廂怎麼樣了？」

「實在是亂七八糟！這一路上我們碰到有座山裡住著大到莫名其妙的山豬！還有一直糾纏小彩的好色植物！然後森林裡有跑得飛快的鹿！還在河邊經過臭到連鼻子都歪了的小屋！居然說那些是貴賓車廂，真讓鈴華小姐我覺得腦袋實在有點問題！」

「是……是啊，這次是靠春日部小姐幫忙開出一條路，如果只有我們兩個，恐怕很難到達這裡。尤其是那個觸手植物，我真的是看到就會產生排斥反應……」

鈴華齜牙咧嘴地憤憤抱怨，彩鳥則是搔著臉頰面露苦笑。

焰一行人立刻把握目前狀況，紛紛狠狠咂嘴。

「被擺了一道……！原來在舉辦這場表演賽的期間，整輛精靈列車都會成為遊戲舞台嗎！」

「所謂每天一次，每次只有一刻的活動（Event）是指這種狀況啊，這下今後也會成為讓人頭痛的三十分鐘。」

看樣子比起這個舞台車廂，真正化為異界的地方其實是貴賓車廂和其他車廂的通道。講到類似的情況，焰本身有體驗過在女王力量影響下前往各式各樣空間的經驗。

如果操控世界境界的女王有出手協助這場遊戲，說不定真能準備如此誇張的舞台機關。

就在這時，黑兔指著裝飾在舞台上方巨大的水晶，開口宣布：

「好，因為參賽者們似乎開始察覺到狀況，所以請各位稍微看向這邊！在後方貴賓車廂的拉普子Ⅲ小姐，請妳照出影像♪」

遠望水晶顯示出異界舞台車廂後方的下一節車廂。

那裡已經變幻成比舞台車廂更驚人的魔境。

——**車廂內竟然出現山岳**。

講得更直接一點，**放眼望去只能看到整片荒野**。

荒野和山脈的兩側分別有一扇懸空的車廂出入口，這種極為奇妙的景象出現在水晶之中，引起觀眾席的騷動。

在山岳車廂內，有一隻揹著巨大植物的大野豬正在和春日部耀交戰。

比起大野豬，背上的巨大植物更讓黑兔瑟瑟發抖。

「哎……哎呀呀……？那個觸手植物難道是……食★黑兔草．改嗎！」

「食★黑兔草．改？」

「這種聽起來就像是為了襲擊黑兔而存在的觸手植物是怎麼回事啊！」

鈴華和彩鳥都對黑兔的轉播做出反應，黑兔也動著兔耳回答。

「ＹＥＳ！那東西原本是某個傻瓜大人為了對人家惡作劇而訂製的植物……不過現在經過改良，還附加了除了人家以外，也會去襲擊其他胸部豐滿女性的性質！』

「真的是一種蠢到不行的植物兵器！」

「所以小彩才會被襲擊嗎！」

「另外，被當成底座的大野豬會襲擊胸部簡樸的女性♪」

「真的是一種蠢到不行的大野豬！」

「所以春日部小姐才會被襲擊嗎！」

再怎麼耍白痴也該有點分寸。女性們紛紛盡全力握緊拳頭出言譴責，而愚蠢的男性觀眾們則歡聲四起，希望水晶能顯示出女性被襲擊的畫面。

另一方面，正在和大野豬戰鬥的春日部耀對隔壁車廂的狀況是渾然不知，只是繼續輕巧閃躲觸手，同時觀察周遭。她完全沒表現出有在使用什麼像樣恩惠的態度，只靠自己的戰鬥技術與身體能力來應付敵人。

只要她認真起來，巨大野豬和植物兵器都是不值一提的對手，然而耀一直感覺到周圍有人在看她，所以無法拿出實力。

在參加正賽前要盡可能避免暴露實力的想法形成阻礙。

（……可以感覺到許多視線，是有間諜躲在附近嗎？還是有人用了遠望的恩惠？不管怎麼樣，我還是想避免讓其他參賽者看到我的實力。）

好啦，這下該怎麼辦呢……耀背對視線來源，動腦思考。

其實是那些愚蠢的男性觀眾隔著遠望水晶送出帶有熱意的視線，不過既然不清楚內情，也難怪她會產生那樣的誤解。

由於對這種狀況無法繼續束手旁觀，尺寸極小的遠望惡魔拉普子Ⅲ出現在春日部耀的肩膀上。

「春日部耀小姐，這場戰鬥的影像有在精靈列車內播放喔。」

「噢，原來是這樣，那我就迅速用空手……」

「不，這時候反而該使出華麗的招式！」

嗯？耀歪了歪腦袋。這是無法接受的要求，更何況平常的拉普子應該不會建議她那樣做。

「……為什麼？是不是碰上什麼困擾？」

「也不是說有什麼困擾……只是負債的參賽者們在遊戲裡摸魚摸得太嚴重，所以無法取得精彩畫面。再這樣下去遊戲會缺乏高潮，所以我希望能靠春日部耀小姐妳的華麗恩惠來帶動氣氛。」

「咦？不要。」

她立刻回答。

「——那麼這樣吧，如果妳願意在這裡以超華麗的招式來結束戰鬥，在箱庭也是五大夢幻美食之一的巴西利斯克(Basilisk)蛋就可以……」

「好，鼓起幹勁衝吧！」

她立刻回答！

耀從胸前拿出木雕項鍊墜子，正面朝向巨大野豬。傳說中的野豬擁有會讓人誤以為是座山的龐大身軀，不過眼前的野豬並沒有那麼巨大。對於曾和巨人族交手的耀來說，並不是需要畏懼的對手。

她讓自己是唯一持有者的恩惠「生命目錄（Genom Tree）」開始變幻，而後套上發出燦爛光芒的鋼鐵護腿。護腿放出的光輝形成翅膀，讓耀的身體飛上天空。

然而她這樣做的原因並不是為了四處閃躲。春日部耀在空中迴旋並同時加速，最後畫出一道大大的弧線並朝著大野豬頭部飛去，再順勢一口氣急速往下降。

「嘿啊——！」

身邊環繞著璀璨旋風的她發出有些奇怪的喊聲，攻擊巨大野豬。

寄生於大野豬背上的植物兵器「食★黑兔草・改」無奈做出妥協並伸長觸手想襲擊耀那簡樸的胸部，然而這種程度連障礙都算不上。

模仿「光翼馬（Pegasus）」恩惠使出的璀璨旋風僅僅一擊就讓植物兵器屍骨無存，大野豬則被餘波轟往荒野的另一邊。春日部耀靈巧操縱璀璨旋風在空中畫出自家旗幟的圖案，然後對著拉普子Ⅲ高聲發表勝利宣言。

「……Victory！」

還附帶了V字勝利手勢。

耀按照要求取得超華麗勝利後，觀眾席充滿歡呼聲，不過卻有一部分男性觀眾因為觸手沒機會表現而滿心悲傷。

同樣透過水晶觀賞戰況的鈴華驚訝地睜大眼睛。

「嗚哦～原來春日部小姐這麼強，剛剛只用一擊就解決了！」

「是啊。不過像那種程度的怪物，鈴華妳也能夠打倒吧？」

「嗯……是沒錯啦，不過那是另一回事。既然春日部小姐能替我們打倒敵人，自然是再好不過。」

鈴華豎起食指發表看法。問題是累積勝利可以讓參賽者在正賽中獲得有利優勢，被其他人搶走勝利應該會對己方造成打擊。

這樣真的不要緊嗎？感到不可思議的彩鳥稍微歪了歪頭，只是鈴華本人不想戰鬥的話，或許也是無可奈何。

舞台上的黑兔似乎很高興地再度開始轉播。

「不愧是隸屬於奪冠熱門『No Name』的春日部耀選手！因為擊退大野豬而獲得積分！在表演賽中得到第一分的共同體是我等『No Name』！」

唰！黑兔伸直兔耳，自豪地挺起胸膛。

聽到這段解說，焰終於理解遊戲全貌。

「因為打倒大野豬而獲得破解遊戲的勝利分……原來如此！意思是在『十誡考驗』裡出現的怪物中，那些和『黃道十二宮』或『赤道十二辰』近似的動物就是這場遊戲的目標對象嗎！」

「黃道十二宮」的星獸包括：牡羊、金牛、雙子、巨蟹、獅子、處女、天秤、天蠍、射手、魔羯、水瓶、雙魚等十二星座。

「赤道十二辰」的星獸則是：鼠、牛、虎、兔、龍、蛇、馬、羊、猴、雞、狗、豬等十二辰。

把存在於太陽軌道線上的這二十四隻星獸和「十誡考驗」裡登場的動物拿來互相比照，可以發現一致的動物是獅子、海神賜予的牛、龍、蟹、豬這五種。

獅子是指獅子座的來源，擁有刀槍不入毛皮的「涅墨亞獅子（Nemean lion）」。

海神賜予的牛是指彌諾陶洛斯傳說中的「波塞頓之牛」。

赤道星獸的龍和豬雖然跟「十誡考驗」裡的動物無關，不過大概因為是表演賽，規定並不嚴格。至於巨蟹座，好像只是赫拉克勒斯在討伐海德拉（Hydra）時踩死的螃蟹。

既然現在大野豬已經被打倒，也就是還剩下四隻。

儘管謎題已解，時間卻所剩不多。巨蟹座應該是有辦法打倒的對象，然而一行人根本不知道對方躲在哪節車廂裡。

阿周那放下神弓，臉上滿是苦澀。

「……如此一來，我們沒有理由繼續待在這節車廂。反正也沒剩下多少時間，我想差不多該收手了。」

「你別擺出一副已經看開了的樣子！這明明是你欠白夜叉的錢啊！而且你應該也有聽到我們每場比賽至少要打倒一隻怪物才能達到還債的指標額吧！」

阿周那沒有理會怒斥自己的釋天，而是把臉轉開。

焰等人雖然身為受到牽連的一方，可是如果繼續像這樣連一隻目標都無法打倒，說不定他們也會被拖累。只有這點無論如何都要避免。

只不過現實無情，黑兔繼續宣布遊戲遭到破解的消息。

「哎呀，動力室的輪機長拉普子小姐那裡也送來新的破解報告！在動力室等待參賽者的涅墨亞獅子之影似乎遭到討伐！討伐者是自稱日爾曼神群代表的維達(Vidar)選手！如此一來，只剩下龍、牡牛以及螃蟹——咦？海德拉和螃蟹也遭到討伐？是維達選手把這三隻怪物都打倒了？啊哇哇，雖然很了不起，不過這是出乎意料的事態！現在只剩下牡牛！請負債者隊多加把勁！」

黑兔拿著敲打銅鑼的鑼槌，為釋天等人送上聲援。她似乎知道內情，然而受限於裁判這立場，實在無計可施。

焰也焦急地確認時間，發現只剩下不到兩分鐘。

「可惡，沒時間了！沒有什麼辦法嗎？我可不想異世界生活的第一步就揹上一屁股債！而且還是別人欠的債！沒錯！那可是別人欠的債！」

焰放聲大吼，像是故意要讓別人聽到。阿周那只能歉疚地把肩膀垂得更低。

打倒舞台車廂裡所有怪鳥的釋天也仰頭望天，一副已經完蛋了的態度。

「實在沒辦法……！焰，要用最後手段了！」

「最後手段？是指把釋天你的器官賣了還債的那個手段嗎？」

「可惡，我的信用已經花光了！總之你立刻召喚出恩賜卡裡的『模擬神格·星牛雷霆(Proto Keravnos)』！

只要打倒會被同時召喚出來的那傢伙，說不定就能破解遊戲！」

焰原本因為聽不懂而感到很混亂——然而下一秒，他隨即理解釋天這番話的意思。

事到如今，之前一直不明白釋天為什麼要把**他**留在外界的焰終於領悟一切。

「你……你……你這傢伙真的是個人渣……！」

即使明白釋天的意圖，受到罪惡感苛責的焰卻沒辦法馬上做出反應。的確，只要召喚出那個人並打倒對方，說不定可以達成勝利條件。雖然另有真相，不過這名少年的確在傳說中被當作是海神贈牛的兒子，反而算是和傳說完全符合。

——但是，那樣做真的好嗎？

現在這時段，他應該正待在外界的法國料理店「Don Bruno」裡享受安穩的休息時間，或是為了因應晚餐高峰時段而正在幫忙備料。雖然他的人生只有活到十五歲，不過現在肯定是其中最平穩溫柔的一段時光。把這樣的他突然召喚出來還要進一步施以暴行，此等行徑真的好嗎？以做人之道來說是否正確呢？這種行為具備正義嗎？如果要再提出其他理由，身為店長的唐是個非常講究道義的人。聽說他在歐洲時曾經是人人畏懼的黑手黨高層人員（Wiseguy）後來雖然遭到同伴背叛拋棄但當初以鮮血發誓的傷痕至今仍舊存在。甚至還有傳言說他在僱用店員時會要求對方也要同樣立下血誓。在嚴格至此的他店裡工作卻發動罷工（sabotage），感覺下場會很恐怖。而且重點是他太可憐了，不但會被迫罷工還會被召喚到陌生場所然後再被主人打倒，再怎麼蠻橫不講理也該有點分寸。就算是黑心企業也不會做到這種地步。果然還是不能把他召喚出來——

「快點動手啊，焰！要是無法破解遊戲，負債可會變成**兩倍**！你覺得那樣也沒關係嗎！」

「嗚……你給我去死吧釋天——！」

西鄉焰，墮入邪道。

他高舉起恩賜卡，於是「星辰與雷光之子」——阿斯特里歐斯在此現身。

身上還穿著圍裙，以一臉似乎很幸福的開心表情享用南瓜鹹派的阿斯特里歐斯因為突然受到召喚，不由得發出怪聲。

「這……這是怎麼了……？」

「上杉小姐，接下來就麻煩妳了！」

「真是爛透了的善後工作！」

上杉女士拿起沒有出鞘的刀，以粗暴動作使勁往上揮。

阿斯特里歐斯就這樣被她的怪力無情打飛。

隨後，宣告遊戲結束的銅鑼聲立即響起。

貧民窟（Favela）裡迴響著寂寥的雨聲。

雖然這裡是很少出現暴風雨的地域，然而下大雨的次數非常多也是這片大陸的特徵。

因為連重建房子的資金都沒有，貧民窟的建築物不但油漆剝落，似乎還有嚴重的漏雨問題。為了因應今晚應該也會來襲的大雨，居民正在四處奔波。被逆迴十六夜當成藏身處使用的這個廢墟也有多處遭到風雨破壞。想要熬過今晚的大雨，恐怕有移動到其他廢墟的必要。像目前這種距離山崖很近的位置，有可能會遭到山崩波及。

老實說，十六夜很想前往里約市內找個安全的旅館住下，然而帶著身分不明的少女，連投宿旅館都有困難。

儘管貧民窟的治安糟到不像是位於里約這種巨型都市的附近，不過正適合別有隱情的人前來這裡藏身。

因為槍械自不用說，甚至連毒品和人口販賣等行為在這個地方也顯得理所當然，帶著一個身分不詳的少女並不會遭人質疑。

十六夜和頗哩提必須讓醫生診療極度衰弱的白化症女孩，所以他們原本想在大雨下個不停前展開行動，然而——

聽完久藤彩鳥敘述的慘狀，兩人都啞口無言。

「——……」

「——……」

「那……那個……以上就是箱庭組的現狀。請問你的感想是？」

「你們這些人是白痴喔。」

十六夜立刻回答。

而且冷酷無情。

所有人都受到必殺級的傷害。

明明久藤彩鳥不是當事者，她也洩氣地垂下肩膀。

不過嘴上雖然狠毒，實際上十六夜卻不覺得生氣也不是那麼傻眼。反而對造成這種狀況的釋天感到佩服。

（哼……雖說只是暫時，但他成功削弱了「Avatāra」的戰力，吸收到己方陣容。對於缺乏實戰經驗的焰和鈴華，則是利用負債作為理由，讓他們每天在表演賽中四處修行……嗎？儘管我不確定有多少狀況符合他的料想，但這是不壞的發展。）

如果可以提個更進一步的希望，釋天大概是想趁此機會把阿周那挖角過來吧。所以他才會讓阿周那跟在焰他們身邊。

（居然不惜與白夜叉聯手，還真是辛苦啊。看樣子即使是軍神也覺得自己小孩最可愛嗎？）

喜好女色，貪戀飲酒，熱衷戰鬥，還愛著人類善性的軍神。

比近代人類更像人類的神靈，這就是帝釋天。

十六夜曾聽說過在遙遠的往昔，面對最強的魔王「閉鎖世界（Dystopia）」和「絕對惡（阿吉·達卡哈）」時，帝釋天曾經率先所有人挺身而出，幫助人類開拓未來。

對於像是把人類當成唯一無二的同胞在互動往來的他來說，半神半人的兒子阿周那或許是特別的存在。

十六夜察覺到這種心情，重重嘆了口氣。

「算了，仔細想想，這是還不錯的狀況。焰也該參加表演賽，稍微了解一下恩賜遊戲到底是什麼。看你連這次的遊戲都如此辛苦，可說是前途多難喔。」

「……很吵耶。那麼如果換成十六哥，你會怎麼破解？」

「第一步就召喚阿斯特里歐斯然後不由分說地痛毆他。」

「我真是犯蠢了才會問你！」

可以聽到手機另一端傳來連連怒斥笨哥哥的吼聲。但是十六夜不管怎麼想都覺得是為了這一點才把阿斯特里歐斯留下，所以也無可厚非。

因為如果想在恩賜遊戲中自行選擇要如何獲勝，只有變強這一條路。

「……好啦，閒聊就到此為止。根據先前那番話，春日部也在附近的房間吧？」

「嗯？我在這裡喔。」

突然被點到名的春日部耀出聲回應。

她似乎是躲在房間角落裡喝茶。

聽到久違的同志聲音，十六夜微微拉起嘴角。

「什麼啊，原來妳也待在這個房間裡。以妳來說，今天算是很社交嘛。」

「也不是那樣。如果不是碰上十六夜的義妹，我想自己不會幫忙。而且鈴華小姐也沒有帶伴手禮來。」

「咦！妳果然在生氣嗎！」

看到鈴華跳了起來，耀輕輕笑了。

「我沒有生氣，只是有點傷心。」

「唔唔唔，這下讓我覺得更過意不去了。我下次會記得帶來……！」

「喂喂，妳別欺負我們家的長女啊。鈴華也不必在意，要是只針對春日部，不管怎麼想都是我照顧她的次數比較多。」

「我倒覺得沒那回事。因為十六夜跟飛鳥都沒有送錢給共同體貼補家用，生活費一直都是靠我。」

「那可真是抱歉啊。不過話說回來，關於我和黑兔寄回去的南瓜之森的土產……聽說有一天突然神不知鬼不覺地消失了，春日部妳有沒有什麼線索？」

「……就當作那是妖精們的犯行。」

「還有焰做的耳機被三毛貓偷走，後來弄壞——」

「好，這個話題就到此為止吧！」

好！停！春日部耀擺出投降姿勢。

獲勝的十六夜則是手扠腰呀哈哈大笑。

「真是……妳還是老樣子，食欲比什麼都重要。算了，妳就是那種人吧，知道妳沒變真是太好了。有沒有稍微變得像個成熟女性啊？」

「我們已經有整整兩年沒見了，我有稍微長大。十六夜呢？」

「很遺憾，我沒什麼改變，頂多只有長高一點。要說其他有什麼變了——不，這些話以後再聊，我想講一些私房話。所以雖然不好意思，但是除了春日部和焰……還有阿周那可以留下，其他人看是要在房間外面等，要不就去浴場吧。」

「那倒是沒問題……不過阿周那先生也要留下？」

焰瞄了一眼阿周那。

「……明白了，我這邊也有事情想要詢問逆迴十六夜。」

「哦？這真是讓人期待！我該表現出很高興的反應，認為印度神群最強的戰士（剎帝利）階級居然有記住自己名字是光榮至極的事情嗎？」

「你應該要停止裝作謙虛的行徑。關於你在箱庭建立的功績，我也曾有耳聞。尤其是打倒身為『人類最終考驗（Last Embryo）』的三頭龍阿吉・達卡哈的功績更是超俗拔群。因為對方應該不是人類可以打倒的魔王。所以我很想知道，你究竟是用了**何種手段**才能獲得勝利。」

阿周那這番略有諷刺之意的發言讓焰與十六夜各自表現出不同的反應。

聽見他說出的怪物之名，西鄉焰猛然抬起頭。

（……三頭龍？「人類最終考驗」？）

夢裡的情景在焰的腦中重現。

當熊熊烈火正在逐漸逼近時，把自己扯裂咬碎的龍不也是三顆頭的龍嗎？

想要確認因果關係的焰豎起耳朵，然而這份好奇卻被來自電話另一頭的十六夜發言給整個打碎。

「……哈！這是怎樣，你居然偏偏講出那種掃興的發言，害我白期待了一場。」

「什麼？」

「你說**應該不可能被人類打倒的魔王**？這什麼蠢話，這世上哪有那種東西。我本來還以為如果是自身事蹟也被當成傳說的你，想來可以理解這種道理……噢，對了。我記得大英雄阿周那的確是……**打破誓言而獲得勝利的大英雄**吧！」

違約的大英雄——剛聽到自己被如此稱呼，阿周那爆發出的憤怒彷彿化成一股海嘯，沖走原先的安穩氣氛並襲擊所有人。

春日部耀瞬間進入了應戰狀態，久藤彩鳥也立即取出蛇腹劍，挺身護在焰他們面前。連只擁有微弱武力的焰和鈴華，也受到這個名為阿周那的少年身上湧出的怒氣壓迫，忍不住試圖起身。

「踩到地雷」這類簡單的說法完全不足以用來形容這種狀況。

若要推測阿周那在先前的戰鬥裡到底保留了多少實力，這份威壓感可以說是過度充分的參考資料。如果是現在，感覺他甚至用視線就能解決怪鳥。

逆迴十六夜說出口的挑釁——對於這個沉穩的少年來說，是任何人都不可以碰觸的禁忌領域。

「……你講了有趣的話呢，逆迴十六夜。要不是有異世界的鴻溝阻擋，我已經把你的生命作為代價，徹底追究你這番話的真正用意。」

「沒有什麼真正用意，就是字面上的意思，違約的英雄。讓你登上最強戰士階級的行為，在這個箱庭裡正是最遭到唾棄的勝利。」

「……遊戲與戰爭並不相同，沒想到你連這種道理都不懂。」

「不，你錯了。就算**戰場**上沒有制約（Rule），**戰爭**卻有制約。存在著以互相剝奪生命為前提的規

矩！正因為正義成立於制約之上，敗者才能用五臟六腑來強忍住伴隨著痛苦的結果——純粹的勝利，以及毫無疑問的敗北。如果失去這些，人類就不可能以正確方式前往未來。所以制約的存在，正是為了要讓這些能夠實現。」

沒有制約的鬥爭只是欠缺知性的野獸相鬥。

正因為是人類，正因為是靈長類，才有不能偏離的正道。

「違背這些得到勝利的你，能夠評論魔王的什麼？能夠以什麼為豪？在靠著違約取得勝利的最後，**引發最壞結局**的你……！」

「十六夜，你說得太過分了。」

春日部耀平靜的聲音打斷十六夜這番投注太多衝動感情的發言。

因為憤怒而渾身顫抖的阿周那正握緊拳頭壓抑怒氣。

恐怕是看不到彼此面孔的狀況帶來了不良的影響。如果是平常的十六夜，應該更懂得斟酌狀況。或是彼此會放棄口頭溝通，改以拳頭來表達意見。

如果要再補充一句，那就是以這種形式責備某個人的行為並不符合十六夜的風格。

沉重的空氣透過電話，讓雙方身處的環境都更加緊繃。

先行動的人是精靈列車上的阿周那。

「……逆迴十六夜，你的意見我明白了。」

「哦？那麼你打算怎麼辦，大英雄先生？」

「不怎麼辦。畢竟，你的言論是正確的。毫無疑問……我做過即使被稱為違約的英雄也是無可奈何的行為。」

阿周那臉上浮現自嘲般的笑容，然後離開房間。

目送他離去的西鄉焰忍不住開口罵人。

「喂，十六哥，你到底是在氣什麼氣成這樣啊？」

「生氣？你說我嗎？」

「你是在生氣吧，或者該說是很焦躁？我是不清楚那傢伙到底是誰，但看起來不像是那麼壞的人啊。」

「也對啦，如果要以善惡來區分，我想他毫無疑問是善……啊～抱歉，我的確說得太過分了。何況你們從明天開始，就得待在同一個共同體裡一起戰鬥，我卻輕率地把氣氛搞壞。」

十六夜難得地老實道歉，讓西鄉焰大吃一驚的反而是這個道歉行為。

逆迴十六夜居然道歉了，太陽要打西邊出來了嗎？——這句話才到嘴邊，焰又吞了回去。

「……總之，那個叫阿周那的傢伙就交給釋天去處理吧。比起這事，十六哥有話要和我說吧？難道是你幫忙把那個組織滅了？」

「如果是那種消息，我這邊也會輕鬆很多。不過看樣子事態似乎比我們想像的還要複雜——啊，等等。跟你詳談前我們這邊想先換個地方，大概一小時後再聯絡我。」

好～焰輕快回答，然後掛斷電話。

風雨開始逐漸增強。

十六夜看了看在床上安穩沉睡的少女。

接著他揹起這個在樹海裡相遇的白化症少女，向之前就已經退到牆邊的頗哩提搭話。

「地天大人，我們換個地方吧。這裡說不定會地盤下陷。」

「換地方是沒問題……不過十六夜，我注意到一件有點困擾的事情。」

「……困擾的事？比這陣風雨還讓人困擾？」

「根據情況有可能更加困擾。我希望你再看一次那個少女的鎖鏈。不管由哪個人怎麼看，都是**被切斷**的吧？」

嗯？十六夜只轉動腦袋回頭確認。

「……是被切斷的。關於這件事，我們之前不是討論過了？」

「的確討論過了。但是說到底，**把鎖鏈切斷的行為不是很奇怪嗎**？這裡可是外界，不是**破壞**而是**切斷**，你不覺得是件很不可思議的事情嗎？」

被點明之後，這事實讓十六夜猛然一驚。確實沒錯。

這裡不是箱庭。

假設真的發生過組織間的對立，應該是以槍擊戰為主的近代戰鬥才對。如果鎖鏈是在那樣的戰鬥中遭到破壞，因為鎖鏈被切斷而逃出的現狀會讓人無論如何都無法想通。

反過來說，如果這是在箱庭發生的事，就沒有什麼好不可思議——

「……嗚！不妙，說不定被箱庭那邊搶先出手了。」

「就是這麼一回事。我想再這樣下去，就算發現實驗設施也找不到任何東西吧。我們慢了一步。」

「不過就算是箱庭的刺客，到底是哪裡的人？」

「我不知道。是太陽王群『Avatāra』呢？還是魔王聯盟『Ouroboros』呢……或者是其他出場者……不管怎麼樣，除了從這女孩身上問出情報，我們已經失去其他線索。這樣就有優先幫助這孩子的理由了吧？」

頗哩提從少女身邊退開，然後拿出錢包裡的黑卡，眨了眨眼。

那個笑容也算是對十六夜的諷刺吧。

雖然可以反駁一百倍，不過現在沒空那樣做。

十六夜把背後的少女重新揹好，稍微聳聳肩後走向廢墟入口。

「別說傻話，快走吧。除非妳想被地盤下陷波及，那可另當別論。」

「你在說什麼，我可是地天啊。怎麼可能選中會發生地盤下陷的場所呢。不過如果你堅持要移動，當然要去里約市內的高級飯店！」

「『護法神十二天』還真是俗氣啊，但是這傢伙的簽證該怎麼辦？」

「不會有問題。以現在的狀況來說，『Everything Company』對於保護她這件事也會變得積極吧。通知一下，讓那邊幫忙準備戶籍——不，**在那之前我們有訪客**。」

這瞬間，兩人身上的安穩氣氛徹底消散。

對方的存在感以像是要劈開寂寥雨聲的氣勢步步逼近。混合敵意與殺意的意識彷彿化為利刃，從廢墟外刺向兩人。

根據對方沒有不分青紅皂白就發動攻擊的行為來看，彼此之間似乎還有溝通的餘地。但是既然能感受到如此濃厚的敵意與殺意，就能明白溝通其實並無意義。

十六夜和頗哩提兩人同時察覺在外等候的敵人，紛紛咂了咂嘴。

「……對方**很強**，妳認識？」

「感覺很接近神靈，但實際上如何呢？以現實條件來說，應該不可能有更多神靈在外界現身。為此十二天中有三神降天……」

「不過，釋天回到箱庭了吧？目前在這個外界，純粹的神明大人不是只有兩人嗎？」

——啊！頗哩提忍不住叫了一聲。

「原……原來是這樣！社長那傢伙，沒找其他十二天接班就回箱庭去了嗎！」

「真不愧是我們的社長大人！在『一旦行動就只會畫蛇添足』這種事情上有口皆碑的帝釋天！託他的福這下不是被搶先了嗎真是混帳！」

「實在是！這次報酬被削減的部分，就從社長的薪水裡扣吧！」

「還有飯店住宿費等各種經費也是！」

兩個人望著對方用力點頭。

根據頗哩提所言，能降臨到一個世界的神靈至多只有三尊，不可能再多。

為了先占下這三個名額，他們似乎從天軍內喚出神靈。至於沒有搶到名額的神靈，必須像上杉女士那樣送來神之化身。

大概是在釋天因為「彌諾陶洛斯的迷宮」而回到箱庭時，被對方察覺到這種機制。可以推測出這是相當有計劃性的犯行。

聽了這些，十六夜馬上抱住頭嘆了口氣。

「意思是顧得了箱庭（那邊）就顧不了外界（這邊）嗎……沒辦法，這個白色美少女就交給頗哩提妳了，我來當襲擊者的對手。」

「可以交給你嗎？」

「嗯，盡量放心交給我吧。因為我也有點運動不足。既然對手是神靈級，正好適合**熱身**。我去久違地爆發一下。」

將白化症少女交給頗哩提後，逆迴十六夜隨便揮著手走出入口。頗哩提則跟在距離他半步遠的後方。

（好啦，究竟會出現何方神聖呢？來期待一下吧。）

離開廢墟後，十六夜開始走向在雨中等待的敵人。

# 第八章

Last Embryo

——精靈列車「Sun Thousand」號，觀景車廂。

崇鑒靈脈之大浴場。

在精靈列車中，為了讓乘客可以從車內眺望外部景色，有一整節車廂被設置為觀景用車廂。目前才剛出發所以只是沿著河岸前進，但今後只要進入海中或地脈內驅馳巡迴，就可以在車廂裡觀賞到靈脈中的風景。至於位於觀景車廂內的餐廳和大浴場，則是被作為讓乘車的參賽者和觀眾們可以聚在此處的休息場所。

得知觀景車廂的存在後，西鄉焰等人決定趁著再度聯絡十六夜前的這段空檔，先去大浴場消除疲勞。

畢竟今天發生了太多事。

例如御門釋天花掉了補助款。

例如御門釋天害他們也被迫一定要參加恩賜遊戲。

例如御門釋天他兒子欠錢，他們卻被討債。

基本上都是因為御門釋天才會發生這麼多事。如果是在外界，毫無疑問是有罪案件，他們沒有慈悲可以施捨給廢神。

吵吵鬧鬧的一天看起來總算即將結束。

夜幕已經完全落下。畢竟這是難得的異世界旅行，把一些時間用來享受應該沒有問題。

「——嗚哇，這真厲害。」

從連接用出入口進入觀景車廂後，西鄉焰的發言從沒有任何情調的一句話開始。雖說身為科學家而非詩人的他做出這種反應是理所當然，不過這句感想未免還是過於土氣。

另一方面，女性組都因為裝潢豪華的觀景車廂而興奮得雙眼放光。

以精巧技術製作的玻璃雕刻蠟燭燈雖然連細部都精雕細琢，卻為了避免影響星光而只點起微弱的燈火帶起一股蒸騰熱氣，體貼地避免這種精巧的工藝品過度彰顯自身存在而妨礙到景觀。

聚集在星光和燈光下的微精靈們四處飛舞嬉鬧，像是要點綴這個讓人放鬆憩息的場所。

大概是因為他們擁有純粹的生命和靈魂，才能光是充滿活力地在車廂裡四處飛舞就可以讓人感到心情愉快。

鈴華原本的疲勞表情完全消失，露出今天最燦爛的笑容。

「哦哦……雖然發生了很多事，是不是終於有異世界旅行的感覺了？」

「真的發生了很多事，主要是釋天的負債相關問題！」

「算……算了算了，我想釋天先生的體貼安排以後一定會派上用場。不說那些，我們去觀景車廂的大浴場吧。春日部小姐要不要也一起來？」

「嗯，吃晚飯前去泡一下澡有助消化。」

春日部耀凝視著觀景車廂的餐廳，然後點了點頭。

彩鳥微微苦笑，然後穿過門口的簾幕。

「那麼學長。晚一點再見。」

「慢走。我不介意妳們洗很久，慢慢享受吧。」

說完，焰快步走向另一道門簾。

彩鳥她們前往女性浴場，來到更衣室。彩鳥正準備脫掉衣服，卻想起今天中午之前的氣候。

「外界正處於盛夏，所以會覺得箱庭的氣候很溫和。」

「真的是～現在是小彩的粉紅色胸罩會因為襯衫被汗水弄濕而隱約可見充滿挑逗感的季節。」

「……那個，拜託妳不要再對我開這種黃腔了，因為我真的不知道該怎麼反應。」

「不，我在小彩妳面前已經很克制了。為了讓妳獲得抗性，我想還是該逐步調戲一下才行！」

彩鳥遮著胸口有些害羞，鈴華則是以曖昧笑容回應。在旁邊脫下衣服的耀一邊凝視著彩鳥的胸部，同時低聲喃喃說道：

「嗯……果然只是名字相似的其他人呢。」

「請等一下春日部小姐，我可以不追究妳是拿我和哪裡的哪一位比較，但妳剛剛是不是用胸部來作判斷？」

「胸部大是件好事。」

「我的重點不是那裡！」

「我能摸一下嗎？」

「不行！」

彩鳥迅速打掉伸向自己的魔手。第二次第三次、第四次第五次……多次發動攻擊的魔手全部被徹底擊落的耀似乎很不滿地皺起眉頭。

「……小氣。既然有滿滿的胸部，讓我稍微摸一下有什麼關係。」

「請不要用這種會讓人誤解成有很多胸部的說法！」

聽到彩鳥的吐嘈，鈴華用力吸了一口氣，像是忽然察覺到什麼。

「很多胸部……很多豐滿的胸部……？所以小彩前世是乳牛的可能性其實有微粒子等級的機會成真……？」

「沒有任何機會成真。還有鈴華，如果妳打算繼續這個話題，以後就算再帶妳去蛋糕吃到飽，我也不會請客。妳就好好減肥吧。」

「嗚啊，妳居然在這邊背叛我嗎姊妹(Sister)！我和小彩妳不是締結搜尋&暴食(Search and Destroy)契約的盟友嗎！話說，每次都是小彩妳說一個人去會很尷尬所以拜託我陪妳一起去……咦？其實鈴華小姐我也沒什麼差嘛。沒關係啊，妳就自己一個人去長肥肉吧。」

「咦！啊……不，我不是那個意思……！」

鈴華鬧起彆扭，把感情的溫度一口氣往下降。彩鳥發現再這樣下去不妙，非常焦急地想要挽回。兩人吵嘴時，學妹根本沒有機會贏過學姊。

耀把手抵在下巴上，忽然抬頭望向遠方星辰，喃喃低語。

「……蛋糕吃到飽。嗯，這個詞聽起來就很美好呢。我還在外界時也一直很想去見識一下。」

「有什麼關係呢！在箱庭也好，我們一起去吧。觀景車廂的餐廳好像也是自助餐！鈴華小姐我在故鄉可是出名的剿滅海盜(Viking)的保安官呢！」（註：在日本，「Viking」也有吃到飽的意思）

「是嗎，妳的外號跟我正好相反。」

如果鈴華是剿滅海盜的保安官，耀就是毀滅食物的海盜。如果哪天兩人真的要一分高下，恐怕精靈列車的廚房會化為地獄。

「……嗯？這樣說起來，難道耀小姐也是出身於我們的世界？」

「嗯。當時一起被召喚到箱庭的人，是我和十六夜，還有一個叫久遠(Kudou)飛鳥的女孩。」

聽到耀的說明，鈴華稍微歪歪腦袋。

「……Kudou（久藤）？她是和『Everything Company』有關係的人嗎？」

「不是。而且『Everything Company』是以歐洲為主的大財團吧？她是純粹的日本人，我想一定只是剛好有同樣讀音而已。」

「這樣啊，那個人也會參加這次的太陽遊戲嗎？」

「這個嘛……這次應該可以中途參加，所以她或許會出場。」

「……是嗎，那個人還沒有報名啊。」

彩鳥消去一切感情起伏，喃喃自語。

其他兩人並沒有注意到她的發言，把衣服摺好，放進置物櫃裡。

「話說回來，鈴華小姐妳……」

「叫我鈴華就好了，我跟焰都覺得十六哥的朋友對自己講話那麼客氣會有種尷尬感。」

「這樣啊。那麼鈴華和焰是基於什麼理由被召喚到箱庭？例如你們兩人其實都是身經百戰的大胃王？」

「我只是焰的跟班。我兄弟（Brother）外表看起來雖然是那副樣子，實際上好像是很厲害的研究者喔。」

「研究者？研究什麼？」

「我也不是很清楚，聽說是叫啥粒子體的。是什麼啊，小彩？」

聽到鈴華的提問，彩鳥收起先前那種慌張態度，按著胸口有些自豪地說道。

「西鄉焰學長他是在第三類永動機——第三種星辰粒子體（3S, nano machine unit）子體方面身為研究第一人的功績獲得認可，因而獲准參加這個諸神箱庭裡的戰鬥。我和鈴華被帶來此地的原因，想必都是因為被視為和他有關的人員吧。」

把一條大毛巾圍在身上的耀直到這時才第一次皺起眉頭。

「妳說他是粒子體的……研究者？而且叫西鄉（Saigou）？」

「是啊。」

「呃……先等一下，焰的姓氏是『西』和故鄉的『鄉』吧？」

「……？是的，怎麼了？」

「所以他不是『西』之『業』……**西業**（Saigou）吧？」

當然不是，兩人都率直地點點頭。彩鳥和鈴華對西業這姓氏都沒印象，而且焰應該無親無故，沒聽說過他在孤兒院之外還有親人。

春日部耀原本還是雙手抱胸保持一副嚴肅表情，但回想起先前的對話之後，她兩手一拍。

「……對了，彩鳥和飛鳥的姓氏也湊巧是同音異字。原來世上還有這麼巧的事情。而且，他怎麼看都不像是魔王嘛。」

「魔……魔王？妳說那個對人畜都無害的學長是魔王？」

「這什麼啊，超好笑！如果焰是魔王，感覺會被勇者打一下就死掉！」

「嗯～我現在可以徹底了解，焰這個男孩是和十六夜完全相反的類型。」

耀輕輕一笑，邁步走向浴場。

「好——那麼我們進去吧。雖然有好幾種浴池，不過最初應該要從標準池開始吧？妳們也跟著我來。」

「Aye, aye, sir!」

「鈴華，我想這時不該說『sir』，而是要說『ma'am』才對喔。」

在彩鳥這種講究細節的吐嘈下，三人前往大浴場。

*

另一方面，在男性用大浴場。

來到更衣室的焰迅速脫下衣服隨便放著，然後進入浴場。雖然經常被周圍的人認為他滿腦子只有研究沒有其他嗜好，不過西鄉焰基本上是個對什麼都抱有興趣也能樂在其中的少年。既然現在的對象是異世界的公共浴場，當然勾起他滿滿興趣。

不過比起浴場本身，他首先親身體會到「自己來到異世界的公共浴場」這個現實，並且受到衝擊。

（哇……幾乎沒有人類……！）

前來泡澡的人並不是只有參賽者。

浴場中當然看得到以亞人種為首的鬼種和亞龍，甚至連明顯比出入口還大的巨人族都在裡面，真不知道究竟是什麼情況。可以吐嘈的地方實在太多。

根據導覽指示牌，好像也有幻獸專用的浴場。

焰正站在指示牌前煩惱自己該從哪種開始泡起才好，這時偶然在場的獨角獸用角從後方輕輕頂了他一下。

「哇……咦……是怎樣？獨角獸找我有什麼事？」

『沒事沒事，只是因為你散發出的氣質有點像那位讓人懷念的大人。難道你是「No Name」成員的親戚嗎，處男少年？』

「我完全聽不懂你在說什麼，但你這隻獨角獸絕對講了什麼很沒禮貌的話吧！」

以焰的年齡來說，不是處男恐怕反而會引起問題。

獨角獸發現彼此語言不通，於是用獨角的前端敲了敲指示牌。

看樣子牠是在介紹推薦的浴場。

「……？你意思是叫我去那裡？」

『對，外表近似人類的乘客主要是集中在那附近。車頂可以看見星空，非常漂亮。雖然白天有守寶精靈（Spriggan）占據那裡所以無法享受，不過這時段是個好機會，處男少年。』

「是嗎，既然你特地推薦，我就去看看吧……不過，請你不要因為我聽不懂所以就肆無忌憚地隨便亂說好嗎拜託了。」

焰和獨角獸道別，踩著輕鬆步伐走向觀景用的浴場。話雖如此，要隻身經過那些怎麼看都是肉食的猛獸旁邊，其實相當需要勇氣。

（糟糕……早知道應該跟釋天或波羅羅一起來。）

西鄉焰是個對人畜都無害的人類。他很想相信幻獸們應該不至於襲擊參賽者，不過還是希望路上能有個人同行。

焰正在張望四周，這時有一個看不下去的人過來拍了拍他的肩膀。

「我說，你是有參加表演賽的人吧？現在落單嗎？」

「咦？啊……是啊，沒錯。」

肩膀被拍的焰轉過身子，只見聲音的主人比他高了一點，不過年齡應該差不多。有點過長的瀏海下是一臉看起來不太可靠的笑容。

但是既然對方能在浴場裡跟陌生人搭話，焰判斷他應該頗有膽識。

「是嗎……如果你願意，要我帶路嗎？待在有這麼多異種族的浴場裡很難靜下心來吧？」

「真是幫了大忙。我剛從異世界過來，有點不知道該怎麼辦。這個浴場的內部顯然比外觀大上許多，到底有什麼機關？」

「這個嘛……再怎麼說我也沒有連構造都摸清楚，我想應該是女王有做了什麼修改吧──啊，忘記自我介紹了。我叫仁・拉塞爾，和你一樣是太陽主權戰爭的參賽者，不過只是個小卒。」

自稱仁‧拉塞爾的少年搔了搔頭，不太可靠地笑了。

受到這看起來似乎是個好人的笑容影響，焰也正式報上姓名。

「我是西鄉焰。如果你有看表演賽應該知道我是誰，以後多指教。」

「多多指教。要是方便，我想請你在路上跟我說說參加表演賽的事情。因為二十萬枚『Thousand Eyes』發行的金幣可是很驚人的金額。」

「嗯，果然是那樣嗎……這下正好，我也覺得再不找個人抱怨幾句發洩一下就要撐不住了。」

焰爽快地答應要解釋狀況，開始往目的地的浴場移動。

在路上，焰提起和釋天他們之間的攻防，兩人聊得很開心。

包括名為阿周那的少年欠下大筆負債，釋天也涉及其中的前因。還有從明天開始的表演賽，自己必須每天都乖乖出賽的現狀。

把這些事情從頭到尾都大致講完後，他們到達目的地的眺望浴場。

仁把手抵在下巴上，以很感興趣的態度仔細分析焰的狀況。

「……哦～那麼說到底，其實你並不是基於自身意志前來參加太陽主權戰爭嗎？」

「算是那樣吧……因為等我注意到時，已經糊里糊塗地確定我要參賽。就算當初有生命危險，打開女王的郵件邀請函的我還是個笨蛋。」

「也不能那樣斷定。至少你的命的確因此得救不是嗎？俗話說留得青山在不怕沒柴燒，你對此事應該要心懷感謝。更要緊的是那個阿周那，你能跟他好好相處嗎？」

「會如何呢？我還沒跟他說上多少話，目前無法判斷。畢竟我連那傢伙的傳說都不清楚。」

「……是嗎，不過你對阿周那最好還是小心一點。說他是違約的英雄其實並沒有錯。我認為直接動用強硬手段把他退貨回去也是一種做法喔。」

或許吧……焰泡在浴池裡心不在焉地思考。

仁在浴池邊緣坐下，若無其事地繼續說道。

「如果你能接受由我來說，我可以告訴你關於他的傳說喔。」

「你知道他的傳說啊，仁？」

「因為阿周那的傳說很有名。而且在欠債方面，他也有類似的傳說。那時候他是因為擲骰子賭博而輸掉一個國家。」

聽到這突如其來的事實，焰驚訝得從浴池裡跳了起來。

「國……國家？你說他因為賭博而失去國家？」

「對，就是所謂的賭鬼。正是因為他們除非賭贏否則無法停手，才會跨過底線淒慘敗北。最後甚至連阿周那自己的妻子都因為賭輸而被奪走。」

真的假的？焰帶著苦笑再度沉進浴池裡。那是他完全無法理解的境地，真不知道究竟是哪裡失去控制才會演變成那麼誇張的事態。

由於另外還夾雜著感嘆原來阿周那在那種年齡就已經結婚的搞錯重點感想，讓焰一時無法順利接受這些事實。

仁以一種非常同情的態度轉開視線，再度開口發問。

「至於他為什麼會被稱作違約的英雄？這部分我也可以說明……你想聽嗎？」

「啊，那就不用了。雖然好像很有意思，不過感覺沒什麼用處。」

在寬廣浴池裡游泳的焰立刻做出回答。

仁似乎很驚訝地睜大眼睛。

「……為什麼？聽過剛才的傳說後，你還願意無條件相信他嗎？」

「因為那只是傳說吧？或許事實有更多出入。」

「可是俗話說無風不起浪。」

「或許吧——不過啊，像那種故事，都是哪個人統整主觀意見後創作出來的東西吧？如果是遊戲解謎時的必要情報也就另當別論，否則光憑傳聞就去判斷一個人實在太沒禮貌了。」

浮在水面上的焰以平常心如此回答。

例如他前段日子才剛認識的怪物彌諾陶洛斯，其實是個與傳說完全不同的少年。

焰認為在這個箱庭裡，如果聽了那些只根據自以為是的看法與個人偏見的傳說就受到影響，應該是一件很危險的事情。

「而且……雖然這只不過是我的直覺，不過我認為那傢伙不是那麼壞的人。他的確是有負債，但那是因為他輸掉遊戲吧？如果是犯規造成的借款，我當然要痛扁他一頓。然而如果是根據這個靠遊戲構成的世界的規則，會讓人覺得那不是什麼特別奇怪的事情。所以在我實際跟他聊過之前，我還無法做出任何判斷。至於什麼違約之類的事情，要等之後再說。」

「……哦？真是讓人意外的意見，你對他人很公平呢。」

「因為我希望別人也公平對待自己——所以說，挑撥離間是沒有用的喔。」

焰看向仁咧嘴一笑，仁抓著頭似乎很困擾地笑了。

「啊……果然看得出來？」

「因為你太露骨了。基本上，仁也是參賽者吧？我怎麼可能會盲目相信比賽對手的主觀評論呢。」

「確實如此。不過因為這是個機會，所以我想起碼要試個一次。」

焰心裡覺得這傢伙肚裡壞水真多，卻還是痛快笑了。對於一直埋頭於粒子體研究的焰來說，至今都沒有碰上年齡相近還可以像這樣和自己互相挖苦的對象，所以更覺得有趣。

在浴池中盤腿坐下後，焰很有興趣地看向仁。

「那麼，我已經把自己的情況告訴你了，所以接下來輪到仁。」

「輪到我？」

「嗯。既然你打從一開始就是來挑撥離間的，意思是你知道阿周那加入了我們的……不對，這種情況下應該說是女王的共同體嗎？總之你知道他暫時加入和我們一樣的共同體吧？這是聽誰說的？」

仁把視線轉開，覺得自己惹禍上身。的確，如果只是看過表演賽，不可能事先推算並實際引導事態發展至此。

他應該是早就知曉內情才會跑來找焰搭話。

「好了，快說吧。你到底是聽哪裡的哪個人說的？」

「嗯～……我是可以回答你啦……」

仁故意裝腔作勢一番。對於享受久違愉快對話的他來說，是可以把背後真相透漏給焰知道

——不過要那樣做，必須先招出提供情報的人。

他沒有實際開口，而是看向浴場柱子的後方。

焰也跟著移動視線。好像瞬間閃過一個像是少年的人影，因此仁搗著嘴巴像是在強忍笑意。

「沒辦法，我就乾脆放棄，把背後真相說出來吧。畢竟不管怎麼說，焰都是替**你**代為償還債款的恩人。」

「……我明白了。確實，繼續增加他的負擔並非我的本意。而且我也想訂正仁的謊言。」

藍髮少年似乎很歉疚地從柱子後現身。

阿周那出現後，焰非常尷尬地吐了口氣。

「……嗯，果然演變成這樣。」

「你有預料到？」

「嗯，算是有吧。那麼，仁所屬的共同體果然是……」

仁微微一笑——把這問題給敷衍過去。他的意思是沒有必要全部講出來吧，因為這裡是天下的大浴場，是每個人都只有腰上裹著一條毛巾就面對彼此的公平場所。

把外面的鬥爭帶進來根本是不解風情。策士仁．拉塞爾把自己先前的行為放到一邊去，只靠笑容表達這種自身主張。既然他擺明自己就是如此黑心，也只能付之一笑。

「仁，既然你已經把這次行動的真相說出來了，那麼我希望你能訂正發言。」

「要我訂正什麼？」

「說我因為擲骰子賭博而輸掉一個國家的發言！我已經講過很多次了，我只是被牽連而已！真正的賭鬼是我的兄長！我不記得自己曾經對擲骰子賭博那麼著迷！」

聽到這段充滿激動感情的辯解，焰和仁同時看向對方。

看樣子，他之所以從先前就擺出一副不滿表情就是因為這件事。

對他投以憐憫視線的焰得知阿周那有個賭鬼哥哥後，開始產生親近感。

「好！我明白了！正好有此機會，我們去那邊的三溫暖休息室聊聊吧。也為了糾正仁的吹牛，要確確實實地聊一聊！」

「這話真是讓人遺憾，我說的謊言就只有那件事而已。而且阿周那你也有錯，已經輸掉二十萬金幣還要主張自己不是賭鬼的藉口根本讓人無法相信。」

「所……所以說那原本應該是賭上太陽主權的遊戲，卻在不知不覺之間……」

「是啦是啦，是那樣啦，你碰上詐騙了。既然難得有這機會，我們也玩些什麼遊戲吧。三溫暖休息室裡應該會有撲克牌之類——」

依舊吵吵鬧鬧的三人前往三溫暖休息室。

大約三十分鐘之後，整節觀景車廂內都響起廣播。

# 第九章

Last Embryo

——原本無音灑落的雨水，不知何時已經轉變成有如瀑布的暴雨。水滴彈跳的聲音蓋住腳步聲，居民的動靜也變得稀薄。

既然地盤鬆軟的這片地域下了這樣的大雨，就算有建築物因為地盤下陷而損壞，想來也不是什麼奇怪的事情。

在這種條件下，稍微認真戰鬥也不會有問題。

原本十六夜有考慮過萬一碰上最糟的情況，只能移動到樹海那邊，不過這次幸運碰上了個好地點。

這裡在貧民窟（Favela）中也是棄置廢墟林立的一區，所以不必擔心無謂的損害。

而且觀察四周後並沒有發現居民，真是有利的狀況。

換句話說，這次戰鬥對十六夜是個稱心如意的局面。

「————」

置身於暴風雨的十六夜泰然自若地在散彈般的雨水中跨著大步前進，可以肯定敵意來自正面的單一道路前方。比起風雨，這份敵意反而是更嚴重的阻礙。

地母神頗哩提曾形容亞馬遜熱帶雨林顯得「沉悶混濁」，現在十六夜感覺到的沉重空氣也跟那種狀況很類似。

敵意和殺意纏繞住十六夜的全身，擋住他的去路。每跨一步都可以感受到彷彿身處海中的阻力。敵人的敵意遠遠超出常識的範圍。

對於初次見面的對手，不可能發出如此龐大的敵意。

那麼無論是敵是友，應該推論對方是自己已知的某個人。

如果是來自箱庭的人物，會對十六夜和頗哩提展現敵意的人根本多不勝數。

倘若真的是其中哪個人在這裡現身，就不是那麼不可思議的事態，然而——

「……**很強**，那傢伙真的很強。到底是誰？感覺對方跟蛟劉和小迦陵同格或是更在其上。」

「我不知道。根據氣勢，感覺像是神靈，不過也像是化身(Avatar)。把對方視為相當特殊的敵人會比較好。」

露骨的敵意持續告知敵人自身的位置，感覺對方並沒有隱藏實力。然而十六夜和頗哩提都不可能忘記實力強大至此的存在。兩人在記憶中翻找，卻完全找不出頭緒。

只有一點可以斷言。

在廢墟前方等待他們的敵人，毫無疑問擁有足以和魔王相較的品級。

先前十六夜還認為廢墟是個適合的戰場，然而雙方一旦動手，恐怕整個貧民窟都會化為焦土。

兩人在暴風雨中終於捕捉到敵人的身影。

（……女的？）

這個毫不掩飾敵意的女性，和受他們保護的少女一樣是白髮紅眼。

她也是白化症（Albino）吧。擁有欠缺色素的頭髮和皮膚，以及一對紅色眼眸。

雖然長得很高，不過根據還留有稚氣的五官，可以推測出對方尚未成年。女性身上那件研究對象用的白色衣服——不，看起來**可能**是白色衣服的打扮，會讓人聯想到她有可能是和背後靜靜沉睡的少女來自於同一個地方。

頗哩提低聲對旁邊的十六夜開口：

「十六夜，有點奇怪。那個女孩明明擁有神靈的氣息，身體卻怎麼看都是人類。然而她並不是被神靈或惡靈附身，或許是因為某種契機，所以和靈性高次元生命同化了。」

「似乎是那樣，不過這下解開了一個謎——破壞粒子體設施的人就是眼前這個女的。」

十六夜如此斷言。只要看見這名白髮女性的模樣，每個人大概都會做出同樣的判斷。

身處豪雨之中，她的頭髮和皮膚已經被沖洗乾淨，然而滲入衣服裡的顏色並沒有那麼容易抹去。

——沒錯，她**滿身鮮血**。這女性**原本全身上下都沾滿鮮血**。

她大概從來沒想過要擦掉噴到自己身上的血跡吧。

也根本沒有在意過那些會弄髒皮膚的內臟碎片吧。

只是要斬殺敵人，斬殺阻礙。她吼出源源不絕的怨懟，自始至終都在殺戮。

這個女性的敵意並非是針對十六夜他們。這份重壓，並非把單一個人納入考量後會產生的憤怒。

這個女性只是全身上下都在表明，願三千世界都受到詛咒。

她以像是窺探過地獄底層的態度佇立著，為了對侵犯自身靈魂的這世上一切揮舞悲憤與怨恨的利刃，才來到這個頹敗的市街等待十六夜他們。

這個身上染血的女性用欠缺色素的雙眼看清兩人後，用手抵著下巴開始說話：

「……好啦，這下就連老身也感到意外。日天、風天、帝釋天……老身本已做好覺悟，無論遇到他們哪一個都要默默將其斬殺，沒想到卻拜見了大地母神頗哩提毗．瑪塔。既然對手是開拓星之胎盤的女神，是不是應該要克盡基本禮儀呢？」

身上染血的女性看著頗哩提，似乎很愉快地笑了幾聲。

根據這番言論，如果只有十六夜一人前來，想必會立刻展開一場死鬥。

這個女性認識頗哩提。

既然如此……頗哩提往前一步。

「居然說我開拓了星之胎盤，這話實在難聽。我把農耕文化傳授給人類是事實，不過既然妳提到禮儀，講得委婉一點不是比較好嗎？。」

「然而這是事實吧？現今仍未醒覺的**地球星靈**之代理人。因為最初的星靈候選者正是妳……被稱為頗哩提毗．瑪塔的女神的靈格。」

頗哩提似乎很不快地把染血女性的發言聽進耳裡。

同時她也能夠確信。

和這名染血少女同化之人，毫無疑問與印度神群有所關聯。

「……哦？這些話妳是從哪裡聽來的？」

「這點小事，只要思考就能明白。開拓大地、耕耘、培育等行動，正是最小單位的恩惠形式。當人類解開這種天賜與系統時——星靈會從『給予者』轉變為『被剝奪者』。所以像妳這種動了手腳好讓人類能從母星截取生命根源的女神，被諷刺是開拓了星之胎盤不是很恰當嗎！」

身上染血的女性雙手環胸，放聲大笑。

然而這些笑聲卻不帶絲毫愉快感情，甚至夾雜著明確的憤怒以及少許的義憤。

接著她把視線轉到十六夜身上，露出有點冷淡的笑容。

「那邊的小童，這時代的孩子，你想知道……成為老身依附對象的這個女孩究竟經歷過何種境遇，又目睹過何種景象嗎？恐怕**只是聽進耳裡**，**就會讓耳朵腐爛**。畢竟那可是足以喚醒老身的惡毒行徑。活於這天真時代的小童你不可能承受得住。」

「……？**喚醒**？」

對於她的用詞，十六夜覺得有點不對勁。

然而染血女性根本不把十六夜的反應放在眼裡。

她把身體往前倒，帶著全副哀嘆與愛情抱緊宿主的身體，似乎很歉疚地對少女喃喃低語。

「既然已經殺死了那些近代魔術師，那麼奪走這女孩的性命，而後一起沉眠應該才是老身最後的慈悲。可如今卻拜見了可稱為人類之母的大地母神，自然不能輕易退場——作為廢滅世上一切武與不義的化身，無論如何都必須發洩這份怒意。所以抱歉了，老身還要再借用這身體一陣子，黑女孩。」

她的聲調充滿慈愛，雙眼帶著憐憫。

如果只看到這一幕，恐怕每個人都會覺得這個怪物擁有善性。

然而等她站直身子，那種慈愛的情感已經消逝無蹤。在瞬間貫穿十六夜和頗哩提毗．瑪塔的視線裡，連愛情的碎片也沒有留下。

在眼中灌注無盡的憎恨。

以源源不絕的怨懟充滿五臟六腑。

就在此時此刻，成為不共戴天之化身的染血女性——以染濕衣服的敵人鮮血為媒介，召喚出沾滿鮮血的戰斧並扛在肩上。

至此總算明白敵人是誰的頗哩提忍不住顫抖。

「沾滿鮮血的戰斧，武與不義的廢滅者。妳這傢伙難道是『英雄殺手』持斧羅摩（Parashurama）嗎！」

「沒錯！吾正是『Avatāra』第六化身！殲滅所有王族與英雄的殺戮賢者！」

身上染血的女性——持斧羅摩如此怒吼。

面對這激烈的怒火，頗哩提感覺到死亡氣息爬上自己背脊。儘管一部分是因為敵人身為「Avatāra」的成員，但對方的真面目才是讓她戰慄的最大原因。

（糟了……！十六夜遇上持斧羅摩等於是碰到剋星！）

負責照顧少女的頗哩提因為己方下錯一步棋而狠狠咬牙。

「Avatāra」第六化身——「英雄殺手」持斧羅摩。

如果只針對「英雄殺手」這部分，或許會覺得持斧羅摩是心狠手辣的化身。然而據說在隸屬於印度神群的著名英雄裡，如果追溯起其武技的流派，可歸類為她弟子的比例相當高。尤其是那些由她傳授給弟子，相當於祕中之祕的奧義，正是多次拯救英雄們脫離絕境的必殺招式。

不說別人，就連十六夜和他的同伴們也是運用持斧羅摩傳授給弟子的招式部分技巧來打倒眾多魔王。所以儘管關係較遠，但彼此之間依舊有這種聯繫。

只是——那些並不是她刻意去做的行為。

只不過是結果論。

持斧羅摩以第六化身之身分去達成的偉業並非培育英雄。她絕對不是為了要織就未來才磨利刀刃。不如說她的本質和目的其實和那些完全相反。

身為神之化身的她，背負的宿業是「廢滅這世上所有的武與不義」。

這裡的「武」是指隸屬於戰士階級（剎帝利）的所有人，還有全部的王侯貴族。

而不義則是指不遵守約定之人，以及試圖以虛情假意來巴結討好自己之人。

在遙遠的過去——持斧羅摩曾被這兩者傷害過，而且並非只是受到傷害。是被**自己愛護過的對象**所傷害、背叛。

第一次，是她幫助過的國王和國家。

第二次，是懇求她教誨的愛徒。

自身遭到背叛、欺瞞、利用，深愛的家人也全部被人殺害。

因此，**她為了報復，殺死了所有的英雄與王族**。

這並非比喻。她重複了二十一次虐殺行動，讓印度神群其中一個時代的所有英雄都遭到排除。

虐殺結束後會陷入沉睡，每次甦醒就再度殺死所有英雄的神之化身。

為了防止人類沒有上限的託大心態而被派遣的「英雄殺手」——就是「Avatāra」的第六化身，持斧羅摩。

「允許人類無限繁殖的女神，以及剛好身處此末世（Yuga）的小童。就由要廢滅這世上所有的武與不義的老身來譴責你們吧。為了在此地被無意義消費掉的生命，我要發洩出源源不絕的怨懟。既然老身忝居救世的『Avatāra』之一——無論如何都要達成身負的宿業（Karma）！」

持斧羅摩大喝一聲，染血的戰斧一掃而過。十六夜和頗哩提都迅速跳起來避開，不過戰斧刮起的一擊卻把廢墟如同塵土般掃向遠方。

看樣子就算是民家，對方也完全沒有手下留情的意思。

既然是這種程度的敵人，他們也不能沒有任何對策就直接戰鬥。

「十六夜！幫我爭取一點時間，我會立刻回來助陣！」

「好，包在我身上！」

十六夜正面衝向持斧羅摩。然而考慮到「英雄殺手」的性質，就算是十六夜也討不了好。要是頗哩提無法立刻回來幫忙，將會演變成棘手的狀況。

（首先要保護這一帶和少女……！）

這個白化症少女是貴重的情報來源。

所以在最壞的情況下，至少要讓這名少女能夠順利逃走。

頗哩提從上衣取出菩提樹的種子，令其急速生長。

菩提樹的種子瞬間長大並化為堅固的屏障，護住原本被她揹著的少女。頗哩提並不認為持斧羅摩會殺掉小孩，但是萬一少女被戰鬥波及，她沒有能保護好對方的自信。

聖樹種子被賦予了地母神的神格，超越成長的極限並開始覆蓋住貧民窟。這下肯定會出現目擊者，但總比土地遭受破壞的痕跡擴大因而留下物證的情況要好一點。

另一方面，十六夜的行動卻和頗哩提的想法背道而馳，正在一邊破壞廢墟一邊展開戰鬥。

他保持衝刺動作並舉起拳頭，只要能衝進對方懷裡就是他的領域。十六夜那匹敵地殼變動的拳頭若能直接擊中目標，就算是神之化身也不可能平安無事。

可是持斧羅摩卻沒有動。她瞪著往自己直衝而來的十六夜，連一動也不動。

確認敵人完全進入攻擊範圍後，十六夜從正面把拳頭往上揮。

「喔……這招真是相當平淡無奇啊。」

武之廢滅者以嘲笑回應。面對能震撼星體的一擊，持斧羅摩——舉腳踢向地面，稍微退後一步。

十六夜擊出的拳頭帶起猛烈的暴風，廢墟因此碎裂爆開。

要是在五光十色的里約市街裡使出這一招，成群的高樓大廈會瞬間粉碎，市民們也會如同遭遇龍捲風的小蟲，紛紛被刮向遠處吧。十六夜在過去曾與掌管大地災害的惡魔空手搏鬥，他的拳頭確實具備媲美地殼變動的破壞力，而非只是一種比喻。

然而眼前這個人……這個廢滅者。

面對能震撼星體的一擊，持斧羅摩毫髮無傷。

（嗚……！）

十六夜的拳頭在她鼻尖前三寸的地方揮空，攻擊就此結束。

然而她的閃躲方法非比尋常。明明只要走錯一步，腦袋就有可能被打凹，這名女性卻毫無所懼地把自己託付給這種閃躲方法。如果不是已經完全掌握十六夜的接近速度與出拳時機，否則不會選擇這種閃躲方法。

正是因為她對自身的武技抱有絕對的自信，再加上想展示雙方之間的實力差距，才選擇了這種不尋常的方式。

（真刺激啊……！一個不好，這傢伙在武技方面或許還在蛟劉之上！）

十六夜冒著冷汗，卻露出痛快笑容。

接著他咬緊牙關，做好會遭受反擊的心裡準備。下一擊完全沒有辦法閃避。持斧羅摩隨手揮動染血戰斧，從橫向掃過十六夜的側腹。

「嗚……！」

他受到似乎連內臟都會翻出來的衝擊。強忍住上湧的嘔吐感後，十六夜把力量灌注到拳頭上。

第二擊毫不留情地襲來。十六夜用手臂擋下，卻感覺到上臂傳來強烈的悶痛感。雖說戰斧無法砍傷他，不過無法連力道也一起抵銷。

染血女性看到十六夜用手臂擋下戰斧，發出似乎很佩服的聲音。

「小童，你擁有很有意思的身體。具備『英雄殺手』之功績的老身無法用戰斧砍殺的人，你還是第一個。」

「這還用說！講到刀斬不入身這件事，應該沒有人在我之上！不允許例外正是位於頂點的證明，所以妳乖乖放棄砍殺我吧！」

「好，知道了！既然這樣，老身**就用斧頭把你毆打致死！**」

發現**無法砍傷**十六夜的身體後，染血女性把斧刃轉向另一面。

此時十六夜也冷靜地推論出這女性的一個情況。

（她不知道我擁有獅子座的恩惠，意思是這傢伙的甦醒果然和太陽主權戰爭無關嗎？）

身為「Avatāra」的化身，卻不知道主權戰爭的事情。這代表眼前的女性並不是恩賜遊戲的參賽者。

話雖如此，也不是手下留情就能對付的敵人。

十六夜握起拳頭，把染血戰斧的第二擊、第三擊彈開。

原本她持有的「英雄殺手」這恩惠具備能封印敵方英雄恩惠的力量，讓所有的防備變成紙老虎。因此除非是武技比她高超，或是擁有能蓋過英雄色彩，甚至能和神之化身匹敵的極高神性，否則要打贏持斧羅摩是件難事。

十六夜受到刀槍不入的恩惠——成為獅子座原型的涅墨亞獅子之保護，所有斬擊都無法發揮效果。就算是能夠砍斷山脈劈開大海斬裂天空那類的攻擊，獅子座的恩惠也能將其彈開，不成問題。

正因為一概不允許例外，所以才叫作頂點。

想超越這個概念，首先要同樣具備星之恩惠，而且必斷之恩惠或星靈殺手的恩惠也是不可或缺的條件。光有「英雄殺手」並不足夠。

然而就是靠著這個優勢，雙方之間才能形成對等的戰況。

既然持斧羅摩聲明自己是武之廢滅者，那麼她本身具備神域之武技自是理所當然。十六夜就像是在下一盤必輸的棋，正在逐步被逼入絕境。

（沒辦法因應所有攻擊……！可惡，每況愈下！）

既然這樣……十六夜擋下斧刃後，順勢拉近距離。

他是判斷面對長柄戰斧時，應該要拉近距離才比較有利，然而對方並不是連這種程度的公式戰法都不懂得遵守的敵人。以她為中心，被揮動的戰斧就像陀螺那般畫出一個圓，把周圍所有東西都粉碎彈飛。

沒辦法輕易拉近距離……被爆風彈開的十六夜憤憤咂嘴。敵人是站在武技頂點的化身，臨陣磨槍根本沒用。如果正面衝突，自己處於劣勢。

既然如此——徹底大鬧一番來找出破綻……才是問題兒童的做法。

「好樣的……！如果妳是洗練的武之極致，我這邊就是隨興活到現在的調皮小鬼！看我把妳連同貧民窟一起打飛！這個混帳老太婆！」

面對久違的強敵，讓十六夜情緒高漲。因為能讓他認真起來的對手居然在這個故鄉的世界甦醒。並非箱庭，而是在他故鄉的世界醒來。

這種機會不知道今後還會不會出現。十六夜委身於這種無法以言語形容的感慨，然後——使出灌注自身全力的一擊，**在大地上引起海嘯**。

「唔……！這招不好對付……」

持斧羅摩講出簡短感想，因為終於感到出人意表而挑起一邊眉毛。

土砂形成高聳巨浪，讓人產生這是不是可以吞沒一個都市的錯覺，接下來就帶著爆炸根本無法與之相比的質量，把貧民窟逐漸淹沒。

這是根據情況，甚至可以讓一個都市失去功能的超質量攻擊。

由於貧民窟被聖樹的樹幹包圍，沒有辦法可以逃出去；就算閃避，也免不了會身受重傷。

染血的廢滅者把戰斧刺進大地，把手放開。

捨棄戰斧之後，她嘴角露出凶暴的笑容。

「你剛剛說過：『正因為一概不允許例外，所以才叫作頂點』吧……也好，如果宿於你身上的恩惠是真正的刀槍不入，你就試著接招吧。」

她把手放在胸前，閉上雙眼。

這動作就像是在獻上祈禱。

接著她對著沉眠於宿主……白化症少女體內的力量如此說道：

「——汙染一切吧，吾之 Astra。」

下一瞬間，土砂的另一端出現一把放出極光的血槍。

能夠和比地殼更幽深的深淵——星之心臟部相匹敵的熱量覆蓋廢滅者全身。碰到她的土砂從最靠近的部分開始變成溶岩後飛散，宛如撞上海中岩石的水沫，消散無蹤。

對這份光輝還有印象的十六夜察覺即將被釋放的奧祕神技，不由得感到戰慄。

（嗚……！）

顯現出的威脅讓他倒吸一口涼氣。

因為，**十六夜認得這把血槍**。

既然頗哩提在他的背後，十六夜不能躲開。不，基本上如果對方要解放出這份熱量，光是擋下攻擊沒辦法護住兩人。

他接下來將承受的一擊，是曾經拯救他們多次的祕中之祕。

也是藉由在印歐世界尚為一體時就失傳的真言(Mantra)而甦醒的最強一擊。

還是讓神靈之神技落入人類手中的武之極致的象徵。

「貫穿吧……『原始神格・梵天槍(Brahma Astra Origin)』——！」

血槍逼近十六夜，赤色光芒照亮大陸的夜晚。

印度神群的英傑們尋求的最強一擊只用散發出來的熱波就燒光聖樹形成的牢籠，讓貧民窟逐漸化為廢墟城。

赤色光芒也撕裂了被染成紅黑色的外界夜幕。

——「Avatāra」第六化身，持斧羅摩。

身為窮盡神域的聖仙（Rishi），性別這種概念已經不存在。

或者該說連生命的概念都不存在。身為人類時的肉體早已毀滅，之後只有在上層階級濫用其權益時，才會以神之化身的身分出現。

而且第六化身持斧羅摩會廢滅該時代的所有的「武」。

除了神之化身或與太陽有關的半神半人，要打倒被稱為「英雄殺手」的持斧羅摩是件極為困難之事。因此既然她顯現於這個末世的時代，要打倒這個廢滅者，就只能由天軍的使者降臨到外界。

所以她也抱著希望，認為有可能會發生無意間相遇的狀況。

遙遠的過去——當廢滅者（持斧羅摩）還是人類的時候，曾一時興起地收過一名弟子。

那是世上唯一，她基於自身意志傳授至高祕密招式之人。

在她為復仇而發狂的生涯中，那是曾經帶來短暫平穩安樂的人。

以陽光般的溫暖，讓自己稍微忘記怨懟的大騙子。

聽說這個弟子現在隸屬於「護法神十二天」時，持斧羅摩不由得嘲笑起這充滿諷刺的命運。

對方明明身為自己的弟子，結果卻如此堅守道義。

身為廢滅者弟子的日天之子前來毀滅自己的日子如果能到來……她心中還抱有一絲會去想像那種情境的感情。

所以見到大地母神時，她不由得露出苦笑，心想那種幸運當然沒有可能發生。

因此她乾脆放棄，認為這是要求她達成自身宿業的神之啟示。這樣的廢滅者——

現在卻目睹難以置信的光景。

「……什麼……！」

核熱的血槍被毫不留情地擊出。

然而如今，它卻被燦爛炫目的神槍擋下。

十六夜手握神槍，吼出神槍之名。

「嗚……遏阻它，『模擬神格・梵釋槍（Brahmaastra Replica）』……！」

面對似乎會被血槍反推回來的狀況，十六夜面露拚命神色咬牙苦撐。

散發出高熱的血槍和神槍彼此撞擊，讓大地融解。雖說十六夜完全是在賭雙方能夠互相抵銷，然而因為這是同種類的恩惠而把一絲希望寄託於其上的行動確實帶來了好結果。

這把神槍，正是為了在主權戰爭中獲勝而由黑兔託付給十六夜的王牌之一。

名為「模擬神格・梵釋槍」。

也是連同「月界神殿（Chandra Mahal）」，一起被賜給作為獻身象徵的「月兔」的神格武器之一。

伴隨逆廻十六夜等人，打倒「黑死斑魔王」與「絕對惡（阿吉・達卡哈）」的必殺武器——也是持斧羅摩的弟子用太陽盔甲作為交換而被授予的傳說神槍。

「怎麼會……！小童你為什麼有那個！」

看到弟子這把具備推翻命運之力的神槍，持斧羅摩驚訝地瞪大眼睛，以激動語氣大聲質問。

對於不知道前因後果的她來說，這是理所當然的反應。

在後方旁觀戰況的頗哩提想到神槍目前的擁有者，黑兔。

（這真是相當胡來……！要是把神格級的恩惠強制分離出來交給別人，甚至有可能損害到持有者的靈格啊。）

護著白化症少女的頗哩提面露苦笑。

實際上，黑兔的靈格也全被神槍——不，史詩紙片奪走。她是讓原本必須以史詩紙片作為媒介來召喚的神槍處於一直被召喚出來的狀態，然後借給十六夜。黑兔之所以會變成蘿莉，就是為了維持靈格。

可是這把神槍卻沒有隨便到光是已經被召喚出來就可以任人操控。

（可惡……！我果然沒辦法完全運用它嗎……！）

如果只是要提昇我方輸出威力還沒有問題，但是要遏阻對方威力就成了進階的應用題。

再加上十六夜雖然擁有刀槍不入的恩惠，卻沒有耐熱的恩惠。

因為他不具備和太陽有關的傳說，無法發揮出除此之外的恩惠。十六夜拚命忍耐被地核之熱灼燒的痛楚，但是感覺實在無法繼續遏阻下去。

既然如此……十六夜伸出右手一把抓住熊熊燃燒的血槍——就像是要貫穿天空那般，把廢滅者的血槍用力往上丟。

「在別人的世界……別給我用出這種破壞武器——！」

熊熊燃燒的血槍切開暴雨，貫穿天空釋放熱量。下一瞬間，層層雲海立刻遭到驅散。血槍的軌跡沿路留下受熱扭曲的空氣，餘熱仍在繼續燒烤大氣。

要是這把血槍在地面解放，根本無法預估會造成多大的損害。恐怕會演變成關係國家存亡的大事件。

十六夜把身體靠在失去光輝的神槍上，帶著怒氣瞪向持斧羅摩。

「哼……妳還真行啊，廢滅者。就算現在是主權戰爭期間，居然想在這個時代開始印度神話式的核戰爭，妳的腦袋到底是有什麼毛病……！」

氣喘吁吁的十六夜幾乎耗盡體力。正常來說，剛剛的熱量光是餘波就充分足以毀滅敵人。然而現在，他心中的憤怒情緒卻遠遠勝過疲勞和痛楚。

要是十六夜沒有改變血槍飛行的方向，不知道會造成多大的損害。

幸好這裡是位於靠海地區且有一半已經化為廢墟的貧民窟（Favela），但是只要軌道稍有偏移，就會造成無法挽回的後果。

有數萬條無辜的生命因為被捲進這場戰鬥而面臨生命威脅。十六夜的人生還沒有背信忘義到能允許如此不合理的事情。

然而持斧羅摩沒有理會十六夜的憤怒，而是雙手抱胸發出嘲笑。

「這個嘛，老身倒覺得對生活於安穩時代的那些傢伙來說，這是個正適合的刺激。因為在他們度過平穩日子的背後，也有人像這個女孩一樣被迫窺見地獄的景象。」

「**那個**跟**這個**是兩碼子事。活在這個時代、這個城市的人們，是基於這個世界的規則來贏得平穩的生活。只不過是武力戰爭換成了社會戰爭而已。」

聲稱這是無條件安穩的指控，是對勝者的冒瀆。

只要時代變化，倫理就會變化。一旦前往異世界，連法律也會改變。

她只不過是瞧不起這個戰爭形式已經改變，人們用以競爭的形式也改變了的現今時代。

每個人都是在自己的世界，自己的時代裡進行的戰爭中和他人互相競爭，贏得代理戰爭力爭上游。來自外側的其他世界、其他時代的人去破壞這種狀況，是絕對不能被原諒的行為。

「廢滅者持斧羅摩，如果妳堅持要把自己那一套陳腐價值觀強加於人，並擅自判斷善惡排除異己……」

十六夜帶著可以和廢滅者內心憤怒相抗衡的義憤，伸出右手臂。

「我也……**不會手下留情**。我不會把妳當成武之廢滅者，而是會視為邪魔外道，視為已經落伍的舊時代亡靈，在此親手收拾。」

剛剛的戰鬥並非十六夜的全力，他還另有真正的王牌。

只是過於強大，在外界使用的後果如何根本超乎理解範圍，所以才沒有使用。然而面對這個敵人，現在不是講這些的時候。

和牛魔王交手時，十六夜是顧及到與牛魔王結拜兄弟間的交情道義所以沒有動用這招，不過既然現在的對手是個邪魔外道，就沒有必要顧慮那麼多。

身為最尖端的英雄，十六夜應該會擊敗廢滅者吧。

承受他這種義憤情緒的染血廢滅者瞇起雙眼，凝視十六夜。

「……哼，居然用這個時代的規則來當藉口嗎？與老身的時代相比，看起來法律制度等確實規劃得相當完善，人類的倫理觀似乎也有所進步。然而在背後的陰暗面，其實地獄正在確實地越鑿越深……這點小童你是否理解？」

「我哪知。不過妳想說就說啊，如果我的耳朵因此腐爛能讓妳出掉一口怨氣的話，就趕快成佛把身體還給原來的主人。要是做不到，妳就投降吧。」

——噢。

原來如此，他就是因為**這種**理由，才沒有搶先用出勝利的神槍嗎？

儘管廢滅者理解到這一點，卻打從心底嘲笑十六夜的義憤。

其實她很想捧腹大笑一番，不過現在出現比大笑更有趣的事情。

這個被她附身的女孩到底是目睹過什麼，在什麼樣的環境中長大，產生什麼樣的絕望，才會喚醒自己這個廢滅者呢？她現在很想把這一切都拿來痛擊眼前的少年。

他能夠承受住那些真相嗎？

開拓星體的地母神會露出什麼樣的表情呢？

廢滅者還沒開口就已經滿心期待。

「好吧……那麼老身我只告訴你一件事，做好心理準備聽清楚吧。」

她把手放到身穿染血白衣的胸前，帶著強烈憤怒講出一個悲劇。

「這女孩——是得了白化症的黑人。」

廢滅者肩上扛著染血戰斧，以隱藏著惡意的笑容講出那個悲劇。然而站在後面待機的頗哩提並不明白這話代表的含意，只是皺起眉頭。

這是因為她並不知道這件事的哪部分算是悲劇吧。

擁有黑皮膚的黑色人種（Negroid）生為欠缺色素的白化症患者，的確是很特殊的事情。然而對現代社會人文都不甚了了的頗哩提理解到這邊就已經是極限了。

不知道十六夜那邊情況如何的她正打算開口詢問——

卻發現十六夜臉上充滿驚愕神色，忍不住倒吸一口氣。

先前那種如同熊熊烈火的鬥志已經煙消雲散，只是半張著嘴重複廢滅者的發言。

「……得了白化症的……黑人……？」

「沒錯，他們是在此地被作為**消耗品**，而且並非單純的**被消費**。是身為人的尊嚴遭到剝奪，**被迫進行繁殖**，還**毫無意義地被消費掉**。和那種狀況相比，被怪物殺掉反而更能以人類身分死去吧——好啦，小童你解開這個謎題了嗎？」

廢滅者雙臂環胸，彷彿在表示這是一場測試真正想法的**遊戲**。

之前顯得神智恍惚的十六夜全身上下都慢慢開始顫抖，以火山爆發般的態度大聲怒吼：

「妳……少在那裡用這種鬼扯造謠生事！」

從五臟六腑深處吼出的怒斥讓大地隨之動搖。

也可以看出大氣因為這種甚至能以肉眼辨識的震動而晃蕩的現象。

拳頭顫抖的十六夜狠狠瞪著純白的廢滅者，他的眼神彷彿是看到了什麼難以置信的東西。

「**不可能**！只有這件事**不可能**！因為那個把白化症的黑人拿來利用牟利的大組織不可能至今還存……」

「不，這是事實。這個女孩確實**被飼養**於這片土地上！那些傢伙把白化症患者綁架至此，讓他們配對繁殖——哈哈，還貼心地在胸口烙印上出貨用的流水號碼！看到這個，你還能故意裝傻嗎！現代的英傑！」

廢滅者發出憤怒的咆哮，撕破胸前的衣服，展現出被烙鐵印上號碼的白色肌膚，同時代替宿主悲傷慟哭。

——她在譏諷的對象，是一種到了現代也還依舊存在，使用白化症黑人作為材料的魔術。

那種魔術在流傳至現代的過程中，原本的意義慢慢遭到扭曲，在掌權者尋歡作樂時被拿來作為餘興遊戲的情況也變多了。因此得了白化症的黑人可以賣得高價。

比牛**便宜**，但是比豬**昂貴**。這種在演變成高度文明社會後依舊暗地裡進行的野蠻行徑，或許反而正是因為處於高度文明社會才有辦法隱藏自身的存在。

廢滅者指稱地獄底部依舊持續越鑿越深的說法並非比喻。

對於身處上層的那些殘忍浪蕩分子，她帶著源源不絕的怨懟厲聲嘶吼。

「這女孩也是從別的地方被帶來此地！在這段過程中，她經歷過幾次背叛幾次暴行——胸中是何等絕望，你們這些傢伙能理解嗎！」

武與不義的廢滅者在此時瘋狂震怒。

為了一名從未被任何人關注過的少女，她發洩出內心激烈怒火。

在這個世界上，只有她一個人為了此地發生的悲劇而傾倒出胸中悲憤。

「老身能夠明白！正因為身為廢滅者，老身能夠理解這份痛楚、這份絕望、這份憤恨！既然如此，老身有義務宣洩出這股怒火！若是老身不站出來，又有誰會抨擊這個悲劇！身為神之化身（Avatāra），如果不為此激憤……世上還有誰會回應那些眼淚——！」

瘋狂怒吼的廢滅者臉上滑落一滴淚水，同時忽然發動突擊。

染血戰斧上那些已經無法抹去的血跡化為熊熊火焰籠罩住整支戰斧，這些火焰形成帶有憤怒灼熱的一擊襲向逆迴十六夜。

十六夜猛然回神，拿起放在旁邊的神槍擋住這一擊。

滿腔怒火的持斧羅摩並沒有就此停下，無論何人都沒有資格阻止她的悲憤。她維持突擊衝勁並撞毀三棟廢墟，然而依舊無法停止。

——廢滅這世上所有武與不義之人，傾聽治世陰暗面之悲嘆的悲憤之化身。

隸屬於救世之王群的她，無論如何都要對開拓星之胎盤的女神和現代的英雄提出強烈非難，否則難以消解內心憤怒。

從一隻眼睛中落下的那滴淚水，是為了這個目睹現世地獄的少女而流。

持斧羅摩在眼中灌注滿滿哀歎與憤怒，對著最尖端的英雄提問。

「倫理進化的結果——這是你的主張吧，小童！那麼老身要問你！這女孩，還有她遭遇的地獄，就是進化的結果嗎！你敢說這個女孩的犧牲，對於人類的生存是必要之事嗎！」

「……嗚！」

人類在生存的過程中必定會漏失掉一些東西。

既然有勝者敗者之分，天秤就不可能變成完全的均等。

在十六夜的認知中，覺得那種不平等是只要身為生命就理所當然的現象，所以並沒有異議。那是世界上所有生命都必須背負的原罪，並非僅限於人類。對此提出異議之人充其量是個愚者。

可是反過來說——除此之外，被消費的生命只能算是是無辜的犧牲。如同此名白化症黑人少女這般只是被動遭到消費的生命，本身沒有任何過錯。

十六夜依舊無言可反駁，只能被盛怒的戰斧往橫打飛。

廢滅者舉起戰斧朝向他，提出最後的問題。

「已經落伍的舊時代亡靈……這是你的主張吧，小童。那麼老身要進一步提問。作為曾活在這世界過去之人，身為曾建構出人類基礎的一個人類，老身要對在最前線戰鬥之人提問。」

對於比自己的時代更加深沉的黑暗。

對於比自己的時代更加沉重的罪業。

從過去出現的神之化身，以像是希望生於這個時代的人能夠懺悔的態度開口說道：

「接近『末世論(Kali Yuga)』之人。你們在到達這時代的過程中——究竟層層累積了什麼？」

＊

寧靜的月光照亮三人，暴雨已經因為慟哭與血槍而消失。

讓人忍不住看到出神的星光和沉默支配現場。

先前激動到光是怒火就會損耗壽命的她一邊喘氣，同時露出諷刺的笑容。

「……無法回答嗎？」

「嗚——」

「算了，老身原諒你。所謂英傑是開拓闢建之人，而非積累構築之人。兩者似是而非。所以，能提出答案的一定是你之外的某人吧。」

廢滅者露出掃興的笑容。

看到那寂寞的笑容，十六夜總算理解這名廢滅者的宿業。

她**只是**為了經歷過悲劇的某個人而現身，譴責那些罪行並發洩出怒火之後就會消失的存在。但是若想讓這場譴責結束，必須給出答案。

可以為這些犧牲扛起責任的人，可以從這些犧牲裡找出意義的某個人。

然而廢滅者卻在逆迴十六夜身上留下「沒有那種資格」的烙印。

「……那麼，接下來是老身個人的問題。小童，你為什麼會持有那把神槍？那應該是被授予老身弟子的神槍吧？」

「不……啊……等等，比起那件事，先回答我的問題！販賣那女孩的組織，還殘留於這個世上嗎？」

嗯？持斧羅摩不快地皺起眉頭。

「回答也可以，但事有先後。你先回答老身的問題。」

「不，妳先回答我！」

「吵什麼！就說凡事都有順序！看到充滿缺陷的那一擊，身為源頭，老身無法置之不理！根據情況，甚至事關老身的面子！而且基本上，除非知道在印歐世界失傳的真言(Mantra)，否則應該連發動那東西都辦不到才對！」

廢滅者挺起胸膛，激動得連呼吸都亂了。可是十六夜沒有回答她的問題，依舊慌張地掩著嘴巴，連連嘀咕著什麼。

「不……但是，那個組織不可能還在……因為那個組織……那些傢伙……應該已經**被我和金絲雀徹底摧毀**了……！」

什麼？持斧羅摩與頗哩提同時反應。

「十六夜，你這話是什麼意思……」

「哦，老身已經看出大概了。」

持斧羅摩發出嘶啞的笑聲。

「看起來那個小童的體內潛藏著跟這女孩同樣的玩意兒。這女孩也是活著時內臟就被動過手腳，出貨前好像還接受過品種改良。」

「什……！」

頗哩提來回看著十六夜和白化症少女。

她現在可以肯定此處的設施是使用白化症的黑人來研究星辰粒子體。也能夠理解這種消耗生命的方式是最嚴重的褻瀆。他們恐怕是藉由吃下保有星辰粒子體的人肉來追求某種成果吧。不但是實驗，也能調集資金，毫無疑問同時兼備了這兩種功能。

然而，十六夜的體內卻存在著和用那種方式保有的星辰粒子體相同的東西，意思就是——

（是嗎……逆迴十六夜是這個時代的英雄，理由就是這個嗎……！）

頗哩提不清楚有多少人知道這個事實，但釋天肯定知道。

畢竟把「原典(Origin)」的粒子體帶給「Everything Company」的人就是他。設局者不可能不清楚其中真相。

身為賢人的持斧羅摩也自然而然地推理出內情，齜牙咧嘴地說道：

「意思是小童你也是相關人士嗎……不過沒想到那些浪蕩分子並非雇主，而是資金來源和實驗動物嗎？哼哼，這下老身更覺得『末世論(Kali Yuga)』不遠矣。」

重新舉起染血戰斧的持斧羅摩瞪著十六夜，擺出備戰態勢。這時，響起一個像是要打斷她行動的聲音。

「——到此為止了，第六化身。那傢伙是我的獵物，就算同為『Avatāra』，也不許妳從旁硬搶。我要妳儘快完成與我之間的約定。」

什麼？持斧羅摩感到困惑不解。

她大概是認為事到如今根本不算是從旁硬搶。既然情緒已經激動至此，實在無法就此收手。而且看到這個狀況，居然還可以指責她是從旁硬搶，就算是判斷錯誤也該有個限度。

持斧羅摩正打算怒斥這是哪來的第三者胡言亂語時——三張邀請函無視於她的意志，緩緩從天而降。

「箱庭的邀請函……？究竟是誰——？」

不需要收件者親手打開，邀請函自行開啟。

下一瞬間，召喚之光滿溢而出。終於回神的十六夜放聲大叫：

「等等！我的話還……」

——沒有說完。然而諷刺的是，這句話沒能出現在這個世界裡，直接消失。在南國貧民窟裡進行的戰鬥到此結束，寂靜溫柔地籠罩這個地區。

在恢復沉靜的沿海貧民窟中，只剩下剛剛拋出邀請函的那個人。

「……這次算是成功搶先一步了嗎？要是連第六化身都被奪走那可無法忍受。」

那是一名白髮金眼的少年。超凡的容貌中透著高貴氣質的純白少年抬頭望向雨後的清朗夜空，輕輕一笑。

「終於要開幕了嗎？我還無法行動，主權戰爭就暫時交給你了，仁。」

# 幕間



——精靈列車「Sun Thousand」號。

第一頂級貴賓室，太陽廳。

「……召喚成功了嗎？感謝妳，女王。」

在香爐裊裊白煙的另一端，響起女性的聲音。

在精靈列車頂級貴賓室的一隅，有個人關注著逆迴十六夜與持斧羅摩之間的戰鬥。那是一名身穿和服，燦爛生輝的白銀長髮自然放下，還以誘人動作舉起扇子掩住嘴角的麗人。

明明外表看起來完完全全是個俏麗明豔的年輕少女，她的雙眸裡卻閃爍著老奸巨猾的光芒。

在和風造型的雅緻菸灰缸上輕敲菸管的銀髮金眼女性——她正是上屆太陽主權戰爭的勝利者，以「白夜魔王」之名受到眾人畏懼的白夜之王。

白夜王……又名白夜叉的女性用苦悶表情看著遠望水晶。

「沒想到是第六化身搶在第一化身之前先甦醒，我原本以為還要一段時間才會演變成讓那傢伙醒來的事態。你們覺得如何？」

白夜王回頭詢問旁邊的陪客。

其中一人是把邀請函送往十六夜他們面前的黃金女王「萬聖節女王」。

另一人是「護法神十二天」之長，軍神「帝釋天」。

聽到這個提問，和她同席的女王不帶特別感情地開口回答：

「……雖然無關緊要，那女人的語氣和特色跟白夜叉妳有點重複呢。」

「妳這傢伙還真的是講了個無關緊要的意見耶！是啦，我自己也有同樣感覺啦！」

白夜叉咬著指甲，憤憤不平地瞪著遠望水晶。好不容易靠著舉辦主權戰爭才能久違地在眾人面前現身，要是出現風格那麼強烈的傢伙，實在是礙手礙腳到極點。

女王有些愉快地揚起嘴角，看著白夜叉這副模樣。

至於釋天並沒有理會她們，眼裡浮現沉靜神色。

「算了，目前沒有問題。到現在為止，事態都還有按照預料發展。」

「哦？你的意思是早就知道那個廢滅者會甦醒？」

「不，我只知道**其中某一個**會醒。因為我被召喚回箱庭之後，能在外界顯現的神靈名額就會空出一位。廢滅者先出現反而有利。」

「不不，我這邊可是非常困擾！我連肉體年齡也配合這次的參賽者變年輕了，結果居然要和那種風格強烈的傢伙爭奪位置，這教人怎麼能忍受！」

眼前的和服蘿莉——更正，和服麗人一邊大叫一邊用老婆婆語氣提及自己的主張。

如果是平時的釋天，應該會傻著眼開口挖苦她幾句吧，不過現在的釋天進入嚴肅模式，因此還是沒有理會白夜叉，而是帶著認真表情對女王提問。

「那麼，妳把十六夜他們召喚到哪裡去了？在精靈列車沿著靈脈移動時，要把人召喚到車上應該很難吧？」

「……不難，只是麻煩而已。」

「嗯，我知道。所以妳到底把人扔哪去了？」

「我把他們先送往第一戰的舞台，還附上宣傳小冊子。雖然有可能被當地的人類和幻獸襲擊，但那些人應該不要緊吧。」

是嗎……兩個人都點了點頭。

這輛精靈列車既是主權戰爭的營運總部，也是把參賽者送往舞台的交通工具。女王大概是判斷既然無法上車，就只能直接送往目的地吧。

「無法看到十六夜的驚訝表情雖然有點遺憾——不過目前的問題是第六化身持斧羅摩。與其把那傢伙稱為神之化身，其實屬性上更接近『人類最終考驗（Last Embryo）』。」

「沒錯，既然她已經甦醒，代表『末世論（Kali Yuga）』正在穩定接近。我們應該在事態演變到無法趕上之前，趕緊加快主權戰爭的進度會比較好。」

這次是三個人都對著彼此點頭。

然而就在此時——從頂級貴賓室的煙霧簾幕後方傳來充滿活力的少女喊聲。

「白夜啊啊啊啊啊♪來和小俱一起喝吧——！」

一名少女伴隨著喊聲飛了過來。更正，是以飛撲壓制（Flying Body Press）這種摔角技巧發動攻擊。

面對這突如其來的襲擊，進入嚴肅模式的白夜叉驚險地發動迎擊——更正，是用膝蓋飛踢來做出反擊。

「嘿！」

「呀啊！」

砰咚！現場響起光聽都覺得痛的聲音。

自稱世界王的俱利摩沒能停下，連連翻滾後用力撞上牆壁。

「嗚嗚……好過分，居然用膝蓋飛踢來迎接老朋友，實在太過分了。萬一我可愛的臉蛋受傷，妳要怎麼負責？」

「吵什麼，如果對手真的是個小姑娘，我也很樂意乖乖遭受襲擊。但妳跟我是屬於同一個年代吧。而且要是被世界龍壓扁，果然還是會痛。」

啪啪，白夜叉拍了拍手，對俱利摩抱怨了幾句。

俱利摩則是嘿嘿笑了幾聲，毫無歉意地搔著腦袋。

這時，白夜叉突然聞到強烈的酒味。

「……嗯？我說妳這傢伙是不是喝了酒？」

「有啊有啊～我有喝喔～『酒天童子』帶著女兒們來了，所以我拿到了很多酒～！」

「我說妳夠了！還有別再裝醉了！龍的確會被酒灌醉，但能讓妳喝醉的酒怎麼可能隨隨便便就……」

「不，妳等一下，白夜叉。既然是『酒天童子』帶來的酒，該不會是供神酒吧？」

白夜叉倒吸了一口氣。

所謂的供神酒在外界是指用於宗教儀式的酒，不過在聚集了修羅神佛的箱庭裡，這個名詞代表的意義有些不同。箱庭的供神酒使用清淨水源與神佛加護來釀造，被不會喝醉的種族所喜愛的各式品牌全都被統稱為供神酒。另外奈克塔(Nektar)和蘇摩(Sóma)也有受到修羅神佛喜愛的品牌，但現在的重點不是這個。

在負面預感的驅使之下，白夜叉跨著大步走向俱利摩，一把撈起她的領口。

「喂，我問妳。那些酒該不會有放在貴賓車廂休息室裡讓大家喝吧？」

「是呀～♪我跟妳說，因為每個人都喝得醉醺醺的，所以大家都感情很好地撞來撞去，或是用拳頭打來打去，還有人拔出亮晃晃的刀劍現來現去，真的是鬧得鑼鼓喧天喔。」

嗝！滿身酒氣的俱利摩似乎很幸福地哈哈笑著。

白夜叉和御門釋天立即推論出現場慘狀，不由得按住眉頭。

「……這下不妙。」

「的確不妙。萬一還沒等到第一戰正式開始，主辦者們就自己大鬧起來，那可不是開玩笑的。」

「沒錯，先祈禱發生暴動的地方只有貴賓車廂吧。」

為了讓彼此為敵的主辦者們能夠放寬心在休息室裏享受，原本用了簡單的結界區隔各個席位。而且還體貼地點起幻惑香爐，讓他們不會見到其他人。

然而一旦主辦者們認真起來動用實力，這些努力等於根本不存在。他們恐怕必須立刻趕往現場並收拾混亂局面。

女王就像是要貫徹事不關己的原則，把身體整個倒進椅子裡，然後對兩人問道：

「聽起來很嚴重，要我送你們過去嗎？」

「「不對！這種時候妳該出手幫忙啊！」」

我才不要，女王把臉轉開。

白夜叉原本還想再多說些什麼，但慌忙衝進頂級貴賓室裡的女性車掌打斷了她。

「白……白夜叉大人！不好了！喝得爛醉的乘客——蛟魔王大人和風天大人一邊戰鬥一邊破壞休息室的大門，正衝向前方的車廂！再這樣下去駕駛車廂和動力車廂都會遭到破壞，精靈列車也會失控！」

「妳……妳說什麼！」

連白夜叉也不由得焦急反問。

釋天忍不住伸手蓋住臉，仰天長嘆。

「怎麼偏偏是我們家的年輕人啊……啊，抱歉，白夜叉。如果是那兩個人在鬧事，現在的我沒辦法對付他們。」

「你真的是一到重要關頭就派不上用場！女王，送我過去！」

好好好，女王有些愉快地打響手指。

在白夜叉的身影消失後沒多久——鐵拳制裁帶來彷彿能擊碎山河的聲響，傳遍整輛精靈列車。

# 終章

Last Embryo

——精靈列車「Sun Thousand」號，觀景車廂。
崇鑒靈脈之大浴場的三溫暖休息室。

「換句話說……做大哥的人啊，都會誤以為弟弟是自己的所有物或該保護的動物。」
「我懂。」
「有道理。」
焰邊說邊把湊成一對的卡牌丟到桌上，仁和阿周那也用力點頭同意。這下焰手上的牌還有兩張，仁是三張，阿周那也是三張。
看樣子他們是在玩外界式的抽鬼牌。
全身脫光只有在腰間圍著一條毛巾，邊玩卡牌遊戲邊喝著印度奶茶的阿周那雙眼緊盯著仁手上的牌，然後開口繼續這個話題。
「如果身為哥哥的人實際上很優秀的話，有時候我這個做弟弟的也可以接受那種態度。可是既然比我弱，真希望對方不要搶著出頭。也不要一臉：『是哥哥我保護你的，感謝我吧弟弟』的表情。明明很弱，明明還欠債。」

「哈哈，聽起來你上輩子欠他很多喔。」

「所謂的優秀弟弟其實也很辛苦啊。」

真的是……阿周那嘆口氣並伸手抽牌。但是不知為何，就是沒辦法湊成一對。仁原本一副悠哉模樣，卻突然皺起眉頭像是想到了什麼。

「不過啊，被優秀哥哥溺愛是不是也算另一種很辛苦的情況？啊，我這邊是有一位『自己把他當成哥哥的人』，不是真正的哥哥。那種即使我處於現在的立場也沒有被敵視的反應，老實說到底如何呢？反而會讓我覺得好像根本沒被他放在眼裡。」

「啊，那種情況我也懂。不過我這邊是『原本以為沒血緣的大哥結果是親哥哥』的模式——哎呀該怎麼說明才貼切？就是那種明明跑在我這個弟弟的前面，卻因為在意這邊所以一直回頭偷看的感覺。就是那種明明其實可以跑得更快也可以飛得更遠，卻因為弟弟進入視線範圍而過度介意，輸出力道也因此減少三成的類型。只要看到那種態度，就會讓人很想對他的屁股踹上一腳。」

領頭跑者因為在意後面而回頭的行為，對於以此背影為目標的人來說，根本是一種侮辱。身為弟弟的焰似乎不能原諒這種事。

聽到如此切中重點的比喻，仁像是很暢快地開口附和：

「對，就是這樣！我非常感同身受！我這邊可是為了追上目標而如此拚命，那個人應該要拿出真正實力往前衝才對啊！我就是對那種態度一直很不滿！」

語畢，仁俐落地抽出焰的牌，湊成一對。

現在仁只剩一張牌，等阿周那在下一輪抽走他的牌，就可以獲得勝利。焰為了抓住最後的機會，瞪著阿周那的牌並慎重挑選。

阿周那聽完兩人的經驗，換上極為苦悶的表情。

「噢……那種狀況我也可以理解。」

「哦？你有經驗？」

「嗯，我和兄長……不，和仇敵在生涯中曾經攜手過唯一一次。不過當時我年紀尚輕，那傢伙明明走在前面，明明總是率先行動，卻從未停止過擔心背後的行為。那時候他的背影讓我感到憤怒——原來是這樣，那就是所謂的反感嗎？」

阿周那抬頭望向夜空，眼神飄往遠方。把星光視為無法挽回的過去，靜靜凝視。

知道阿周那經歷的仁靜靜垂眼看向下方。

不過完全不清楚阿周那經歷和傳說的焰把已經融化一半的巧克力豆塞進嘴裡後，很自以為是地說道：

「那種行為真的很瞧不起人，有機會『回敬』一下嗎？」

「……實際上如何呢？而且基本上，也不知道究竟會不會有機會……」

「你真笨，太死腦筋了。不管再怎麼等，自己想要的機會和狀況都不會主動來臨。有時候必須堅持自我主張，拿出全部握力去把命運緊抓在手裡才行。不然你以後會後悔喔。」

什麼都不知道的焰很不負責任地這樣說。然而正因為他什麼都不知道，所以阿周那才會驚訝得瞪大眼睛。這種理念，和他活到現在的人生根本完全相反。

阿周那換上比較認真的表情，對著西鄉焰詢問命運的正確存在形式。

「——西鄉焰，你認為命運（Karma）並不是要背負之物，而是要主動去抓取之物？」

「嗯？那還用說。有道是人世五十載，與天界相較什麼的。就算知道你是印度哪裡的王子大人又擁有什麼樣的功績，其實我還是沒辦法立刻理解。可是我自己也一樣，要是繼續什麼都不做，就不會去參與粒子體的研究，孤兒院也也會分崩離析。所以如果有自己期望的未來，當然只能盡全力去爭取嘍。」

「即使那其實不是自身所期望的未來也一樣嗎？」

阿周那把身體往前探。

焰稍微把視線從卡牌上移開，用手抵著下巴說道：

「——『人生是崇高之物。

人類必須雕琢自然授予的這顆寶石。

直到其燦爛光輝能回報這份辛勞。』……你有聽過這首詩嗎？」

「……？不，我第一次聽到。」

「是嗎……呃，關於這首詩啊，作者是一個曾經被蔑視為『死亡商人』，然而即使如此，後來依舊照亮人類前進之路的人。而且也是這個人設立了一個頂點，所有活在我這時代裡的科學家都以該頂點為目標。也可以說他是建立了一個權威。」

西鄉焰的語氣充滿自豪。光看這個態度，就能明白這個人留下的詩對他來說想必是個很特別的東西。

「那個人啊，明明生前曾開墾大河、捐款給國家，也成就很多事業……卻意外得知自己在死後會被稱為死亡商人。」

「還活著的時候就知道**死後**的風評？」

「沒錯。對於自己以化學家身分發明出來的東西除了會被用於開拓土地，反而更常被當成武器剝奪無數生命的狀況，其實他一直感到遺憾悲傷。結果卻連死後的風評都是那樣。」

希望人類的未來能獲得幸福——原本是如此祈願的功績，卻剝奪了許多生命。

那到底是多麼沉重的心痛和悲嘆呢？

又是多麼龐大的苦惱呢？

「即使賺得龐大財富，成為世界數一數二的大富豪，他的內心也無法感到滿足。畢竟那是他希望能讓哪個人能幸福而製作的發明，卻演變成那種結果，這也是理所當然的反應。感嘆自已雕琢至今的人生、意志、心願在死後卻什麼都不會留下的那個人——覺得至少要把希望延續到下一個世代，所以就拿自己的財產去投資。」

「死亡商人」——以他人性命作為代價以賺取金錢的黑暗人生。

男性希望至少要回報那些被奪走的生命，於是設立一個權威。

當西鄉焰還充滿自豪地敘述時，旁邊的仁聽懂他到底是在說誰，於是拍了拍手開口說道：

「——你是在說阿佛烈．諾貝爾，後來設立諾貝爾獎的那個人吧。」

「沒錯……我說你別把最精彩的部分搶走啊異世界人！」

焰伸出手對仁用力一指，同時吐槽嘈兩句。

仁稍微道歉之後，繼續話題。

「抱歉抱歉。不過原來『諾貝爾和平獎』有這種含意啊。」

「沒錯。雖然強調他是在意自己的風評會讓這些事蹟聽起來很世俗……不過也不知道為什麼，讀過許多那個人留下來的詩句後，會讓我忍不住期待他其實真的是個很純粹的人。也會猜測是這份純粹願望為了正確引導人類未來，所以主動扛起了一個責任。而這種正確的行動，也成功消除了他死後的負面風評。」

「……換句話說？」

「所以啦，既然我們現在像這樣活著，要改變風評並不是不可能的事情。如果你討厭『違約的英雄』這種稱呼，那麼只要正大光明，在不違反規則的情況下贏得這場遊戲就好了……

喔！」

語畢，焰從阿周那手中抽出一張牌。

接著他放下湊齊的最後一對卡牌，很得意地舉起拳頭。

「好，這次終於是我贏了！既然是故鄉的遊戲，當然不成問題！」

「咦～可是我覺得這遊戲靠運氣的要素太強了。」

「說什麼傻話，玩的時候當然要用心機啊，尤其是阿周那什麼都表現在臉上，根本一看就知道。」

「所以說，就是靠運氣的要素太強了。可以從阿周那那裡抽牌的人會壓倒性有利啊。」

講得真過分。

然而輸掉的阿周那並沒有表現出不快反應。

留在他手中的鬼牌，畫著一半是天使一半是惡魔的小丑。覺得這張鬼牌彷彿是在暗示自己的阿周那露出自嘲笑容，把身體靠到椅背上。

「不違反規則的勝利嗎——說的對，至少在這次的太陽主權遊戲裡，我應該要誠實地戰鬥下去。不，反而該說或許這才是我真正的願望。」

「喂喂，你這句話聽起來好恐怖。和我們一起戰鬥時可不准違反規則喔。」

「哈哈，我明白。我想到最後彼此還是會分道揚鑣，不過在那之前，我會盡全力協助你。」

哦？仁．拉塞爾似乎很意外地挑起一邊眉毛。

待在「Avatāra」時，阿周那表現出的氣質就像隨時都拉緊的弓弦。如今卻稍微放鬆，甚至另有餘裕展露笑容。

仁來回看了看焰和阿周那，在內心苦笑。

（……是嗎，或許他需要的正是這種普通的友人。）

對於自己的錯誤判斷，仁感到很可恥。因為喚醒沉睡於箱庭靈山之中的阿周那的人不是別人，正是仁自己。

對於想在主權戰爭中勝利所以需要戰力的「Avatāra」來說，身為印度神群最強戰士，也是半神半人的阿周那正是他們極為渴望的強大人選。

畢竟這個第二次主權戰爭的參賽者一定要擁有人類的血統，否則無法出場。

而數千年以來**只是持續沉睡**的阿周那，靈格並沒有完全神靈化，正是理想的參賽者。

如果西鄉焰這個人類對掌握阿周那會有幫助——

（把我們的內情各訴他……或許也不壞。）

告訴他王群「Avatāra」的目的，以及必須達成的義務。

還有——在這次主權戰爭中絕對不能讓對方優勝的，共同敵人。

＊

——叮咚叮咚！

在彩鳥一行人洗好澡的同時，車內響起這種在廣播前總是會聽到的熟悉音效。

音源並不是來自揚聲器而是巨大的貝殼，這一點雖然很有異世界風情，不過也會讓人很想花個一小時質問是不是連音效也該更講究一點。

過了一會兒，貝殼裡傳出想來是遊戲營運相關人士的聲音。

「呃……測試測試。這裡是精靈列車的營運總部！希望大家能在精靈列車上度過舒適旅程，所以從宇迦之御魂神大人那邊收到激勵的話語，以及好吃的白米！晚一點會在餐廳招待各位，如果大家都能過來品嚐，我會非常開心！」

唰！播放用的貝殼中傳出像是狐耳豎起的聲音。

「另外還有各界的神靈大人們寄來的信件，不過這次好像要略過不提。有機會的話會由黑兔姊姊讀給大家聽，黑兔姊姊的粉絲們敬請期待♪」

我反而想問妳是哪裡的什麼人！

家住哪裡！

有沒有男朋友？

——類似這樣的愚蠢發言在精靈列車的各處響起。

根據情況，可能必須為了她的安全而判決這些粉絲有罪，不過幸好這些聲音似乎都沒有傳進廣播小姐的狐耳之中。

「那麼——接下來有請上屆優勝者，白夜叉大人來介紹第一戰。希望大家能靜下來仔細聽清楚，謝謝！」

精靈列車內恢復安靜。這並非只是因為他們聽從了廣播小姐的請求，而是她提到的名字實在過於有效。

所謂太陽主權戰爭的優勝者，也就是立於這個諸神箱庭之頂點的存在。

從世界的黎明期開始，一直從旁守護至今的最強宇宙真理（Brahman）之一。

擁有燦爛如光白銀長髮以及一對金色眼眸的大魔王——白夜王，拿起了廣播用的麥克風。

「……嗯哼！似乎讓各位久等了！我正是受託負責這次太陽主權戰爭營運的『白夜魔王』，白夜叉！」

精靈列車各處都響起歡迎的拍手聲。

這反應讓白夜叉心情很好，她繼續說道：

「話雖如此，我想不會有人想聽老人家的長篇大論，所以立刻進入正題吧。希望參賽者、主辦者、出資者，還有觀眾們都拿起邀請函。」

精靈列車中響起大家都拿出邀請函的聲音

確認內容後，每一個參賽者都倒吸了一口氣。

邀請函上只寫了這樣一句話：

「恩賜遊戲名『失落的大陸（Lost Atlantis）』」。

「沒錯！精靈列車正在前往的主權戰爭第一舞台——就是過去**整塊大陸都被召喚進箱庭世界的那片大地**！那裡已經準備好配得上主權戰爭的舞台！」

四處都響起熱烈的歡呼聲。被召喚到這個箱庭世界內的對象，不只是人類、幻獸和神靈。箱庭世界還具備一個職責，那就是「為了正確引導人類歷史而存在的第三點觀測宇宙」。為了達成這個目的，有時候甚至會把星球的一部分也整個召喚過來。

久藤彩鳥、彩里鈴華、春日部耀等女孩三人組看完恩賜遊戲的標題，同時看向彼此。

「『失落的大陸』……這是指亞特蘭蒂斯大陸嗎？」

「嗚哇～終於有個感覺像是冒險活動的遊戲！小耀妳有去過那裡嗎？」

「小耀？」

「嗯？對啊，小耀妳有去過那裡嗎？」

耀先在內心附註一句：「其實我才是姊姊」，才再度看向邀請函上的那句話。

「沒去過，不過有聽說過那裡有很多危險的幻獸。主要是希臘神話的幻獸和怪物，還有巨人之類。」

「連……連巨人都有啊……鈴華小姐我能應付嗎？」

「沒問題。因為鈴華妳的空間跳躍極為強大，即使碰上最壞的情況也只要奪走敵人的武器然後逃走就好，對方其實很難追上。」

「是嗎～好，到時候就我就老實逃走吧！」

鈴華握緊拳頭。耀一邊吃著炸魚一邊說明自己今後的方針。

「在『No Name』的大家和十六夜回來之前，我會先放慢行動腳步。因為在那之前要觀察參賽者們的戰鬥……還有彩鳥，在遊戲中我們是敵人，所以隨便把別人的恩惠（Gift）講出來可不好喔。」

聽到耀的指摘，彩鳥忍不住按住嘴巴。剛剛完全是她的失言。考慮到春日部耀和十六夜之間並沒有聯絡的現狀，她當然不知道鈴華的恩惠是什麼。

而且正是因為鈴華有想到這種可能性，她在耀的面前才會一直不使用空間跳躍。

在這種一片祥和的氣氛中，鈴華和耀都有自覺到彼此是競爭對手，自己卻讓這份努力成為白費。

「對……對不起，鈴華！我居然……！」

「沒關係啦沒關係，不必在意，學妹！反正遲早會曝光，而且住在異世界的我們只要輸掉就結束了嘛！」

「因為你們三人是特別參賽名額，而且彩鳥是恩賜遊戲的門外漢，所以無可厚非。不要受傷是最要緊的事情，萬一真的碰上什麼困難，妳們可以來找我。畢竟我是年紀比較大的大姊姊嘛。」

還是很優秀的大姊姊，春日部耀連續兩次誇大其詞。

然而先前的失言並不是可以隨便原諒的錯誤。乍看之下空間跳躍似乎無敵，不過實際上還是有一些弱點。而這個春日部耀，就是少數能稱為天敵的人物之一。彩鳥明知這一點，卻還是暴露出鈴華的恩惠是空間跳躍。

這是過去的彩鳥絕不會發生的嚴重失誤。

（我必須繃緊精神提高警覺……！我的目的只有要確保鈴華和學長能平安無事。要是再這樣下去，或許連這點也做不到。）

彩鳥拍打自己臉頰重新鼓起幹勁。她現在重新體認到自己的心態其實退化得比身體更嚴重。在正賽中，這種程度的疏忽大意有可能會造成無法挽回的事態。

能在正賽前早一步察覺到自己過於鬆懈的缺失，算是值得高興的好事。

彩鳥在內心發誓，要在這次的第一舞台挽回這次的洋相。

「話說回來，妳們兩個也來看看。邀請函上好像又出現什麼。」

「有點像是地圖，是什麼呢？」

邀請函上出現看起來像是接下來目的地的大陸地圖，還刻著三個太陽圖案。

白夜叉看準參賽者們應該都看完邀請函內容的時機，氣宇軒昂地點頭說道：

「關於這趟旅程，將從由各位自行找出遊戲開始。其中也有難度極高的遊戲，因此希望各位在挑戰攻略遊戲時，能先確認自身的實力再出手。」

這當然……參賽者們紛紛點頭同意。

然而主辦者席位裡的神域居民們卻嘻嘻笑著抱怨只有那樣未免太無聊。

聽到那些奚落的聲音，白夜叉先瞪了主辦者席一眼，接著露出犀利的笑容。

「——噢，對了對了！這件事得先講清楚！」

啪。揚聲器中傳出打開扇子的聲音。

「出身箱庭，以及從外界被召喚來的各位英雄英傑，應該不需要我特地建議幾句。不過只有一點必須在此宣告，畢竟神靈之中也有一些歪腦筋動得特別快的笨蛋。所以對於我接下來的宣言，參賽者和出資者都要銘記於靈魂！」

聲調中帶有一些嚴肅。

所有精靈列車上的乘客都豎起耳朵靜待發言。

「關於二十四個太陽主權——**禁止一切沒有獲得雙方同意的掠奪行為！**打破這條禁令之人，將由身處三位數的成員使出**不受制約的全力裁決**（全能領域）**！**」

「什……！」

「嗚哇哦！」

坐在主辦者席的牛魔王和世界王俱利摩同時做出不同的反應。外面的觀眾席也陸陸續續傳出類似慘叫的聲音。

只要是能夠正確理解白夜王發言含意的人，不可能藏得住驚訝反應。

要說唯一的例外，就只有在特等席上品嚐紅茶的女王而已。

只有她一邊喝著紅茶，一邊疑惑地歪了歪腦袋。

「……斯卡哈。我，曾經受過什麼制約嗎？」

「嗅……嗯，畢竟女王您是自由之人，制約那種東西其實有也跟沒有一樣。您只要跟以前一樣，繼續做自由自在又隨性暴虐的自己就好。」

說得也對……女王接受這個說法，要求她再倒第二杯紅茶。

白夜叉似乎很愉快地打開扇子，發表遊戲的概要。

「正賽的遊戲攻略者當然會被賦予取得新太陽主權的權利！不過獲得主權的方法，並非只有參加遊戲這一條路！在此明言，也可以基於參賽者雙方同意的內容來進行恩賜遊戲，從他人身上贏取主權！

最後收集到過半數太陽主權之人，將成為這次主權戰爭的勝利者！」

直到有人收集到過半數主權為止，恩賜遊戲將會持續舉辦下去。阿周那和申公豹之所以用十五到十七歲這種尚未成熟的肉體年齡來參賽，大概就是考慮到演變成持久戰的可能性吧。

當所有參賽者全都針對遊戲攻略而開始思索時，白夜叉再次高聲宣言。

「那麼出發吧！前往太陽主權戰爭的第一舞台──『失落的大陸』！」

車內響起熱烈的歡呼聲，同時精靈列車也進入靈脈開始超加速。把世界的命脈作為軌道的精靈列車車體發出燦爛光輝，寂靜無聲地往前奔馳。

即將挑戰「失落的大陸」之謎的參賽者們，都因為謎題而心跳加速滿懷期待。

# 後記

各位好久不見，我是竜ノ湖太郎。這次隔了半年。這是想藉著使用和上次一樣的開頭來盡量填滿頁數的苦肉計，還請大家理解。

這次試著塞進比往常更豐富龐大的內容。

雖然經過壓縮再壓縮，但是陪伴本作品至今的各位讀者肯定能夠跟上。所以這是斷然決定要乾脆停止繼續邊執筆邊顧慮這個那個的做法而寫成的第三集。只在這裡講個祕密，竜ノ湖太郎還可以變身三次。

《問題兒童的最終考驗》也在二〇一六年六月順利迎向一週年。

如果從問題兒童系列第一部開始計算，就是五週年。

我想故事中長期層層累積至今的重大謎題也有開始慢慢解開吧。不過其實啊，如果那隻三顆頭的混帳傢伙能乾脆死掉的話，就可以早點進展到這部分。哎呀，原來連作者都無法輕易殺掉的角色真的存在呢……！在自己碰上這狀況之前，我一直以為那只是一種都市傳說。

然後，終於要開始了。激鬥的「亞特蘭提斯大陸篇」！

這是我從很久以前就想寫的舞台之一，所以個人也很期待。因為從這邊開始，比起遊戲的難易度本身，會以攻略作為主要重點來進行故事，所以如果各位能以不同於閱讀第一部時的方式來享受本作，我會感到很高興。至於紅色的那孩子，請再稍等到登上封面那時。

那麼關於這樣的箱庭世界，其實在這舞台上展開的故事本身就是獻給各位讀者的巨大恩賜遊戲。我想這次應該成了放出大量拼圖碎片的一集吧？現在回頭從第一部的第一集開始讀起，說不定會有許多發現也能獲得樂趣。

……那麼，到底該用何種形式來提出答案才好呢？這個混帳大白痴！

我每天都過著如此自問自答的日子。不必擔心腰斬的作家要是寫出未完成的作品，會在黃泉路上迷途。我不想做出讓自己在臨終之際還要感到羞愧的行徑。

於是我一邊和問題兒童系列第一部第二部互相對峙，同時經常在思考……為了準備世界所有的解答，為了讓各位能夠以一二〇%的樂趣閱讀，如果只有這個故事，會不會並不足夠呢？比起主張出版業不景氣的悲觀論，我更想以極盡莽撞勇氣的解決辦法來正面對抗這個狀況。

箱庭世界想要到達的未來究竟是何種樣貌？我正在摸索能呈現出此問題答案的最佳形式。因此，如果屆時能請大家伴隨於旁，我會感到很開心。

最後要對這次也以美妙插圖描繪出角色成長的ももこ老師。

為了這一集而等到逼近發售期限的O責編。

為了出版這一集而提供協助的每一位人士。
以及購買《問題兒童的最終考驗》第三集的各位讀者。在此獻上我的感謝。

竜ノ湖太郎

# 超 後台下集預告！

第二次太陽主權戰爭終於開始！
太陽參賽者們紛紛被丟到「失落的大陸」上，還出現襲擊眾人的謎之巨獸！
暗中活躍的「Avatāra」，以及自稱是「魔王聯盟 Ouroboros」新首領的吸血鬼公主！出面迎擊的人是「No Name」的春日部耀小姐！
至於前往避難的焰先生等人，
則碰上米諾斯文明（Minoan civilization）的倖存者！
在強敵接二連三現身的狀況下，
終於要解開十六夜先生的力量之謎？
……咦？是不是塞了太多內容？
這……這種不滿請直接找寫劇本的白夜叉大人！
那麼，敬請期待下一集！

COMING SOON!!

國家圖書館出版品預行編目資料

問題兒童的最終考驗. 3, 失控!精靈列車! / 竜ノ湖太郎作 ; 羅尉揚譯. -- 初版. -- 臺北市 : 臺灣角川, 2017.07

面 ; 公分

譯自 : ラストエンブリオ. 3, 暴走、精霊列車!

ISBN 978-986-473-777-2(平裝)

861.57 106008788

Kadokawa
Fantastic
Novels

# 問題兒童的最終考驗 3
## 失控！精靈列車！

（原著名：ラストエンブリオ3暴走、精霊列車！）

2017年8月10日 初版第1刷發行
2021年1月11日 初版第3刷發行

作 者：竜ノ湖太郎
插 畫：ももこ
譯 者：羅尉揚

發行人：岩崎剛人
總編輯：蔡佩芬
主 編：朱哲成
美術設計：宋芳茹
印 務：李明修（主任）、張加恩（主任）、張凱棋

發行所：台灣角川股份有限公司
地 址：105台北市光復北路11巷44號5樓
電 話：（02）2747-2433
傳 真：（02）2747-2558
網 址：http://www.kadokawa.com.tw
劃撥帳戶：台灣角川股份有限公司
劃撥帳號：19487412
法律顧問：有澤法律事務所
製 版：尚騰印刷事業有限公司
ISBN：978-986-473-777-2

Kadokawa Fantastic Novels